여자의 욕망엔 色이 있다

여자의 욕망엔 ㅅㅐ이 있다
ㄱ色

초판 인쇄 · 2024년 5월 10일
초판 발행 · 2024년 5월 16일

지은이 · 최명숙 외
펴낸이 · 한봉숙
펴낸곳 · 푸른사상사

편집 · 지순이 | 교정 · 김수란, 노현정
등록 · 1999년 7월 8일 제2-2876호
주소 · 경기도 파주시 회동길 337-16 푸른사상사
대표전화 · 031) 955-9111(2) | 팩시밀리 · 031) 955-9114
이메일 · prun21c@hanmail.net
홈페이지 · http://www.prun21c.com

ⓒ 최명숙 외, 2024

ISBN 979-11-308-2146-7 03810
값 17,900원

여자의 욕망엔 색이 있다
色

There is color
in
a woman's
desire

최명숙 한봉숙 휘 민 박혜경 엄혜자
오영미 이신자 정해성 조규남 조연향

푸른사상
PRUNSASANG

색, 눈부심 그 자체

플라톤은 색을 "모든 물체에서 쏟아져 나오는 불꽃", 이시도르 폰 세빌라는 "붙잡힌 태양광선"이라고 했다. 하지만 우주의 몸짓과 다름없는 색을 한마디로 정의하거나 표현할 수 있을까. 그 다양한 색깔이 가진 느낌을 인간의 언어로 표현하는 데 한계가 있기 때문이다. 인간의 탐구력과 창조력이 무한하여, 미술 문학 사진 음악에서 색깔로 판타지를 구현해낸다 해도.

작품에 형상화되고 있는 색깔 역시 그러하다. 작가들이 경험한 일상에서 만난 색과 무의식에 잠재한 색의 느낌 또한 다양하고 지극히 개성적이다. 우주의 몸짓 같은 색의 느낌은 크면서 세밀하고 깊다. 그것이 경험과 맞닿으면서 더욱 새로운 느낌으로 다가오기 때문이다. 그러므로 하나의 이미지나 느낌으로 단정 지을 수 없는 것, 그 자체가 색이 가진 눈부심일지 모른다.

파랑은 신들의 색일까. 작품에 나타난 이 색의 이미지는 여정과 동경, 운명과 업(業), 그리움으로 그려진다. 우주에 대한 동경과 탐미이며, 운명적으로 마음을 이끄는 여정이기도 하다. 또 사무친 서늘한 그리움으로 가슴 한쪽에 남아 있기도 한다. 인간의 삶을 예기치 않은 곳으로 이끌어 관계 맺도록 하는 게 신의 영역이라면, 파랑은 확실히 신들의 색이다.

검정은 힘을 내포한 색이다. 작가가 쓴 글을 다듬고 엮어, 세상에 내놓는 어느 편집자에게, 글자의 검정은 무에서 유를 창조해낸 힘이다. 때론 검은 먹물로 글 쓰면서 마음의 동요를 잠재우고, 앞으로 나아가게 하는 힘이기도 하다. 수험 공부로 지친 청소년기에 바라본 까만 밤하늘의 풍경이, 지난하고 불안한 마음을 위로하고 미래를 기약하게 한다면, 검정이 내포한 것은 힘이다.

보라, 색 중의 색이다. 그렇다. 우리 삶 속에 깊이 스며든 긍정적 이미지를 떠올리게 하는 색이 바로 보라다. 파리할 정도로 연약했던 어린 시절, 뽕나무 잎사귀가 무성한 밭에서 입술이 물들도록 따 먹던 오디의 보랏빛은 탐미적이며 몽환적이다. 종지나물꽃이 가진 보라는 강렬한 매력과 함께 인연을 떠올리게 하고, 번뇌를 치유하여 위안 얻게 하는 색이기도 하다. 삶 속에 투영되어 어린 시절을 소환하고 안식하게 하는 색 중의 색 보라는 우리 곁에 함께 있다.

흰색은 지극히 명료한 색이다. 벚꽃과 흰 칼라의 여고생 시절을 설국의 고장에서 떠올릴 때는 여신의 이미지로 형상화되고, 자식 위해 의연하게 산 어머니 닮은 목련의 흰색은 순결과 상처로 인식되기도 한다. 또 흰색은, 언니의 요절을 시로 승화시킨 작가의 삶이 아름다운 흰 빛으로 투영되어 나타난 명료한 색이기도 하다.

노랑은 강인한 생명력을 가진 색이다. 천변에 피어 있는 노
란 튤립들이 강렬한 빨강을 제치고 노란빛으로 보였다는 경험
에서, 강한 것이 살아남는 게 아니라 살아남는 게 강한 것이라
는 명징한 진리를 보여준다. 또 어릴 적 자주 봄앓이 했던 기억,
희망을 갖게 한 노랑나비, 그 노랑 이미지는 강인한 생명력으로
표현된다.

　연두와 빨강의 지배적인 느낌은 생동감이다. 거의 대조적인
두 색이 공통으로 갖고 있는 이미지, 생동감. 해마다 봄이 되면
연둣빛을 그리워하고, 파이프 오르간 연주에서 느낀 강렬함과
감동을 월드컵 경기 때 결집되었던 붉은빛에서 느끼는 것도, 생
동감과 무관하지 않다. 약동하는 봄의 색 연두, 오르간 연주와
월드컵 응원의 강렬한 색 빨강. 그 저변엔 이렇듯 생동감이 자리
하고 있다.

　　　　　　　　　　　　　　　　　　　　책머리에

이처럼 색은 눈부심 그 자체이다. 우주 속에서 다양한 색을 만나고 느끼며 살아가는 삶은 눈부시기 때문이다. 천연 염색을 통해 만나게 된 다양한 빛깔에서도, 오페라를 통해 본 색과 예술의 상관관계에서도, 인간은 색에 대해 고민한다. 자라는 아이들 개개인의 색깔, 그것을 아름답게 발현하도록 유도하는 것 또한 교육의 역할이기도 하리라.

우리는 매일 현란하고 다채로운 색을 만난다. 일상에서, 여행지에서, 혹은 미디어를 통해. 인간이 하루 동안 눈에 담을 수 있는 색은 수만 가지일 것이다. 그럼에도 단 한 가지, 아름다운 색을 찾는 일 또한 인간의 눈이 지닐 수 있는 탁월한 능력과 절묘한 힘이리라.

이 산문집의 작가들은 자연, 인간, 예술, 여행, 인생 여정에서 하나의 색을 발견하여 개성적인 빛으로 그려낸다. 그 빛은 경험과 사유를 통해 슬프도록 명징한 글로 태어난다.

2024년 5월
글쓴이들

차례

봄은 노란색으로 문지방을 넘어왔다

벽람색, 서늘한 그리움으로

최명숙
Choi Myung Sook

충북 진천에서 태어나고 자랐다.
가천대학교 대학원 국어국문학과 졸업,
문학박사 학위를 받았고, 가천대학교와
한국폴리텍대학 등에서 강의했다. 현재
동화작가와 소설가로 활동하며, 시민을
대상으로 글쓰기와 인문학 강의를 하고
있다. 저서로 『21세기에 만난 한국 노년소설
연구』 『문학콘텐츠 읽기와 쓰기』 『문학과
글』, 산문집 『오늘도, 나는 꿈을 꾼다』
『당신이 있어 따뜻했던 날들』 등이 있다.

봄은 노란색으로 문지방을 넘어왔다

뒷산 오르는 둔덕에서 노랑나비를 보았다. 둘레길 따라 무심한 듯 걷고 있을 때였다. 어디서 나타났는지 노랑나비 한 마리가 눈앞에서 아른댔다. 아, 네가 나왔구나! 봄이구나! 옅은 탄성을 지르자 노랑나비는 나풀나풀 날아 새 부리보다 더 작은 새싹 내미는 어린 귀룽나무 가지에 앉았다. 그대로 서서 노랑나비를 보았다. 날개를 살랑살랑 흔드는 나비는 마치 내게 오라고 손짓하는 듯했다. 까마득한 그날도 그랬다.

여남은 살쯤 된 나는 봄앓이를 하고 있었다. 크느라고 그런다, 이제 더 야물어질 거여, 그렇고말고. 열기 있는 내 이마를 짚으며 할머니가 말했다. 학교에 가지 못한 채 앓고 있다

최명숙 봄은 노란색으로 문지방을 넘어왔다

눈을 뜨면 노란 햇살이 마당에 가득 들어차고, 담장 아래 민들레꽃이 봄볕을 맞고 있었다. 눈부셨다. 멀리 옆집 상희네 텃밭에 노란 장다리꽃이 피고, 그 위에 노랑나비 몇 마리가 어지럽게 날았다.

나비에 이끌려 일어서자 어지럼증으로 머리가 흔들렸다. 온통 하늘이 노랬다. 비틀대며 상희네 텃밭으로 나가 장다리꽃대궁 하나 꺾어 껍질을 벗겼다. 매우면서도 달콤하고 지린 맛. 한두 번 입에 넣다 휘딱 던지고 다시 들어와 누웠다. 노랑나비는 여전히 어지럽게 날고, 장다리꽃 역시 노랗고, 담장 아래 민들레꽃도 노랗다. 내 얼굴에도 노랑꽃이 피었다. 지실 들까 걱정이다, 뭐라도 먹어야 할 텐데. 할머니 근심 소리 귓전에 어른어른. 잠들다 깨고 다시 잠들고, 봄앓이는 봄날처럼 길고 길었다.

그런 중에도 새봄 들어 처음 노랑나비를 보았다는 게 안심되었다. 봄에 흰나비를 먼저 보면 식구들 중 누가 죽는대. 노랑나비를 보면 좋은 일이 생기고. 넌 아프니까 꼭 노랑나비를 먼저 봐야 해. 종알대는 상희 목소리가 들리는 듯했다. 아픈 중에도 노랑나비를 본 게 안심됐던 건 그래서였을까. 어지

럼증을 견디고 장다리꽃 핀 텃밭에 간 것도. 노랑나비 몇 마리
가 장다리꽃에 앉았다, 날았다, 다시 앉는 모습을 한참 쳐다보
곤 했다.

노란 쓸개즙까지 다 게워내며 며칠 앓고 나면 몸은 서서
히 회복되었다. 감기였을까, 위병이었을까. 알 수 없다. 어릴
적엔 어김없이 그렇게 봄앓이를 했는데, 열다섯 살 즈음부터
괜찮아졌다. 아플 여력 없이 바쁘게 살아서 잊었을까. 어느 정
도 자라자 거의 아프지 않게 되었다. 아팠던 기억이 나지 않는
다. 여남은 살쯤 봄앓이 했던 기억이 이리도 생생한 이유다.

그렇게 봄은 노란색으로 문지방을 넘어왔다. 지금도 그렇
다. 예전처럼 장다리꽃은 볼 수 없으나, 아파트에서 개울로 나
가는 입구에 서 있는 산수유나무에 노란 꽃이 피는 것으로 봄
이 시작되니까. 산수유나무 아래 피는 민들레꽃은 예나 지금
이나 똑같다. 그 옆에서 이른 봄바람에 한들거리는 들꽃은 꽃
다지다. 작은 꽃잎이 노랗다. 보드라운 솜털에 둘러싸인 꽃다
지 꽃대는, 봄앓이 하느라 지실 들어 노랑꽃 핀 어릴 적 내 얼
굴 같다.

봄은 노란색으로 문지방을 넘어왔다. 아파트에서 개울로 나가는 입구에 서
있는 산수유나무에 노란 꽃이 피는 것으로 봄이 시작되니까.

귀룽나무 가지에 앉았던 노랑나비는 다시 날개를 펴고 날아 덜꿩나무 가지에 앉았다. 나처럼 혼자 산책 나온 걸까. 아직 산바람은 찬데 왜 산 쪽으로 온 걸까. 덜꿩나무 쪽으로 걸음을 옮겼다. 약간 오르막길이다. 노랑나비는 내가 다가갈 때까지 그대로 앉아 있다. 너 왜 혼자야? 나랑 친구 해주려고 온 거야? 조용히 물었다. 나비는 날개를 살랑살랑 좌우로 흔들었다. 그렇다는 듯, 아니라는 듯. 사진 찍으려고 휴대폰을 여는 순간 훨훨 날아서 금세 사라졌다.

나비가 사라진 쪽을 쳐다보다 내려와 조붓한 오솔길 따라 걸었다. 어릴 적 상희네 텃밭에 어지럽게 날던 노랑나비가 눈앞에 선하게 그려진다. 노란 햇살 쏟아지는 말간 마당에 병아리 떼 거느리고 유유히 걷던 어미 닭과 노란 병아리들도. 노랑꽃 핀 내 얼굴을 안쓰럽게 쓰다듬던 할머니 손도 노랬다. 어릴 적의 봄은 온통 노란색이었다. 옛날을 회상할 때 노란 색깔이 먼저 떠오르는 것도 그 때문이리라.

모처럼 봄앓이를 했다. 지지난주부터 지난주까지 한 보름. 몸살감기였다. 앓으면서 순간순간 장다리꽃 핀 상희네 텃밭, 그 기억 속의 텃밭을 생각했다. 거기 어지럽게 날던 노랑나

최명숙 봄은 노란색으로 문지방을 넘어왔다

비도 불러보았다. 아슴아슴하면서 그리운 할머니 손길도 떠올려보았다. 온통 노란색으로 둘러싸였던 그 옛날의 봄. 거울에 비친 내 얼굴을 유심히 보았다. 어릴 적 그날처럼 노랗지 않다.

노랑나비가 반가웠던 이유를 알 듯하다. 새봄에 노랑나비를 먼저 보면 좋은 일이 생긴대. 상희의 목소리도 생생하다. 올봄에는 노랑나비를 먼저 보았으니, 좋은 일이 일어날 거라는 막연한 기대를 해본다. 모처럼 봄앓이 끝에 만난 노랑나비는 추억과 함께 그리움을 불러왔다. 아팠던 날도 이제 그리움으로 남았다.

뒷산 둔덕 오르는 길에서 만난 노랑나비는 옛날을 떠올리게 하고 멀어져갔다. 생강나무에 노란 꽃이 무더기로 피고 있었다. 향기를 맡았다. 알싸하고 달콤한 향기가 솔솔 풍긴다. 종달새 노랫소리가 엊그제보다 더 명랑하다. 봄이다, 봄이 왔다. 산자락엔 온통 노란 생강나무 꽃이 피어나고 있다, 종달새 노래에 화답하듯.

벽람색, 서늘한 그리움으로

벽람색(碧藍色), 은은하면서 다양한 느낌을 함유한 그 색은 신비로웠다. 청색이 시배적이지만 보라색 또는 회색으로도 보인다. 푸른색과 쪽빛에 보라색을 섞은 듯 파스텔 톤의 벽람색. 생경한 이름이다. 햇빛 아래서 보면 청색이 도드라져 보이고, 응달에서 보면 회색이 부각되었다. 간색에 또 간색이 섞인 듯 오묘하다.

지난여름 길에서 갑자기 소나기를 만난 적이 있다. 세차게 퍼붓던 비가 시치미 뗀 듯 감쪽같이 그치고, 온 누리에 오묘한 빛이 서리기 시작했다. 그 빛의 근원을 탐색하다 하늘을 올려다보았다. 하늘은 다양한 색깔로 물들고 있었다. 동쪽에서 시작된 노란색은 차츰 주황색 분홍색 보라색을 거쳐 신비로운 색으로 번져갔다. 그 외에도 명확하게 무슨 색인지 형언할 수 없는 색깔까지 다양했는데, 그 신비로운 색이 벽람색이었다.

성경 「열왕기하」에 보면, 선지자 엘리야가 승천할 때 그의 제자 엘리사는 울부짖었다. 그때 엘리야는 입고 있던 겉옷을 벗어 던져주었다. 하늘에서 스승의 옷이 땅으로 내려왔고 그 옷을 받은 엘리사는 능력을 행했다. 스승과 헤어질 수밖에 없는 현실 앞에서 울부짖던 엘리사의 마음을 이제야 깊이 공감한다. 스승과 제자의 관계처럼 특별한 관계가 또 있을까. 불교에서는 인연 중에 가장 특별한 게 이승에서 스승과 제자로 만나는 인연이라고 하지 않던가. 형제자매나 부모자식보다 더한. 엘리야와 엘리사 두 사제 사이도 그랬으리라.

엘리사처럼 나도 나의 선생님에게 옷을 물려받았다. 엘리야는 겉옷 한 벌이었으나 나는 수십 벌이다. 그중 여섯 벌이 벽람색 계통의 재킷과 스커트다. 선생님은 벽람색을 좋아하셨을까. 쪽빛 하늘을 닮은 맑은 미소와 성정, 푸르른 청년 같은 정의로운 의식, 회색 이미지처럼 차분하고 묵직한 발자취, 보라색이 의미하는 헌신까지, 벽람색은 선생님의 모습과 성품을 내포하고 있는 듯하다.

시간은 쏘아버린 화살 같고 흐르는 물 같다고 했던가. 선생님께서 하늘로 가신 지 벌써 만 이 년이 되어간다. 엊그제 같은데, 어찌 시간은 이리도 빨리 흐르는지. 그래도 안타깝고 그리운 감정은 별반 달라지지 않았다. 세월이 약이라는 말이 있지만 과연 그럴까. 그리움은 새록새록 더 깊어지는 듯하다. 눈을 뜨면 먼저 떠오르고 시시때때로 생각난다. 간혹 꿈속에서 뵙는데, 그때마다 평소에 자주 그랬듯 우리는 즐겁게 여행 중이다.

내가 선생님을 처음 만난 건, 불혹의 나이로 열정 하나만 가지고 대학에 들어가면서다. 문학에 대한 열정은 넘쳤지만 어린 학우들 사이 간극을 좁히지 못해 머뭇댈 때 있었고, 그들의 감성을 따라가지 못해 허덕일 때도 있었다. 가정 살림과 일을 병행하며 이어가는 학업이 만만치 않아 지치기도 했다. 내가 쓴 어설프기 그지없는 소설과 작가 연구 리포트에 선생님은 'good' 또는 'excellent'라고 써서 돌려주셨는데, 그때마다 나는 용기를 냈고 힘든 고비를 넘곤 했다.

그 이후 이어진 학업과 행로에 또 얼마나 큰 산으로, 햇

최명숙 벽람색, 서늘한 그리움으로

푸른색과 쪽빛에 보라색을 섞은 듯 파스텔 톤의 벽람색.

살로, 그늘이 되고 따스함이 되어주셨던가. 스승과 제자임에
도 때론 친구처럼, 동기간처럼, 격의 없이 교감해주신 그 성정
은 아무리 생각해도 보통 사람의 모습이 아니다. 우리는 학문
적으론 가르치고 배우는 사제간이었고, 여행할 때는 허물없는
친구였으며, 마음 터놓고 집안 대소사를 상의할 때는 동기간
이었다. 그래도 늘 한 걸음쯤 뒤로 물러나 있는 나에게, 너무
깍듯하게 대하지 마, 이제 우린 친구야, 라며 미소 짓던 선생
님. 그 미소가 쪽빛처럼 맑고 정겨웠다. 나와 한 살밖에 차이
나지 않아 평생 함께할 줄 알았는데.

　선생님이 하늘로 가시면서 나는 심상(心喪) 삼 년을 입기
로 했다. 적어도 그동안엔 사적인 즐거움과 거리 두고 애도하
며 지내기로. 받기만 하고 해드린 게 없는 나로선 겨우 그것밖
에 할 게 없었다. 예로부터 스승이 세상을 떠나면 제자는 마음
의 상복을 입었다. 만 이 년이 지난 후 길제(吉祭)를 지내고 애
도 기간을 그치듯, 나도 그러기로. 슬픈 마음이야 이루 말할
수 없으나 선생님이 원하지 않으리라는 걸 잘 알기 때문이다.
내가 슬퍼하기보다 행복하고 즐겁게 살기를 바라실 테니까.
올 오월이면 심상(心喪)을 벗고 놓아드려야 한다. 그렇다고 잊

　　　　　　　　　　　　최명숙 벽람색, 서늘한 그리움으로

힐 리 있으랴마는.

선생님이 그립다, 눈물겹도록 보고 싶다. 아직도 이 상황이 인정되지 않아 괴로울 때도 있다. 만나는 순간부터 떠나는 그날까지 아낌없이 베풀어주신 은혜를 하나도 갚지 못했는데, 황망하게 떠나셨으니 안타깝고 그리운 마음 어찌해야 할까. 겨우 할 수 있는 게 심상(心喪)을 입는 것밖에 없으니 말이다. 마음 가눌 길 없어 선생님의 가르침을 가만가만 떠올려보곤 한다. 조금이라도 닮아보고자 하지만 어림없다.

마지막 통화하던 날이었다. 선생님은 낮지만 다정한 목소리로, 그동안 곁에 있어줘서 고맙다고 하셨다. 건강 조심하라고도. 아직도 귀에 쟁쟁하다. 그날도 나는 울기만 했다. 이승에서 마지막 통화라는 걸 알지 못한 채. 이 못난 제자가 얼마나 걱정되었을까. 황당한 이야기라고 할지 모르겠으나, 입관할 때 울고 있는 나를 향해 고개를 돌리는 선생님을 보았다. 환각이었을까, 착시였을까. 나는 본 게 확실한데 내 말을 아무도 믿지 않는 듯했다. 후에 깨달았다. 나를 염려하신 거란 걸. 이제 선생님이 편히 쉴 수 있도록 의연해야 하리라.

봄이 완연해지고 있는 요즘, 진한 벽람색 재킷을 즐겨 입는다. 내게 잘 어울린다. 이 옷 입은 선생님의 모습을 본 적 없는 걸 보면, 마련해놓고 거의 입지 않은 듯하다. 하늘에서 보고 뭐라 할까. 흐뭇하게 미소 지으며 잘 입으니 보기 좋다고 할까. 이 옷에는 밝은 스카프가 어울린다고 할 듯하다. 생전에 내 옷차림을 보고 이런저런 조언하셨듯이.

선생님이 물려주신 벽람색 옷을 입으며 생각한다. 은은하면서 다양한 느낌을 함유한 그 색깔처럼, 도드라지지 않으면서 개성적이고, 조화로운 삶을 살아가는 사람이 되어야겠다고. 장현숙, 나의 스승님이 그러셨던 것처럼. 쪽빛 하늘을 닮은 맑은 선생님의 미소, 푸르른 청년 같은 정의로움, 차분하고 묵직한 학문적 발자취, 특별한 제자 사랑이, 벽람색 그 신비로운 색깔 속에 내포된 듯하여, 서늘한 그리움으로 나를 에워싼다.

최명숙 벽람색, 서늘한 그리움으로

검정색, 내가 걸어온 발자국

파랑, 삶 깊은 곳으로 들어오다

한봉숙

Han Bong Sook

충남 보령에서 태어나 어린 시절을
보냈으며, 교육학을 전공하였다.
출판인으로 푸른사상사를 설립하여
문학, 역사, 문화, 아동, 청소년 등 다양한
분야의 도서를 펴내고 있다. 문학잡지 계간
『푸른사상』의 발행인이다. 함께 쓴 책으로
『꽃 진 자리 어버이 사랑』『문득, 로그인』
『여자들의 여행 수다』『흡흡흡 부를 테니
들어줘』『우리, 그곳에 가면』『그들과 함께
꿈꾸다』 등이 있다.

검정색, 내가 걸어온 발자국

하루 시간 중 절반 이상을 나는 책과 함께한다. 원고 의뢰, 글 읽기와 검토, 디자인과 색, 스타일까지 다양하게 고민하며. 그 후 종이를 고르고 인쇄를 넘기고, 기대감과 두려움 속에 기다리는 과정이 일과가 된 지 35년 넘었다. 어쩌다 내가 글 다루고 책 엮는 사람이 되었을까. 인쇄 관련 일하는 친구 사무실에 놀러 갔다가, IBM 볼타자기 소리에 이끌려 출판에 관심 갖게 되었고, 그만 이 길로 접어들고 말았다.

출판에 입문했을 때는 주로 영인본을 만들었다. 영인본이란 옛날 간행물을 원본 형태 그대로 복제한 책을 말한다. 원본 그대로 찍어내면 되는 간단한 작업일 거라고 착각하기 쉬운데, 그렇지 않았다. 무엇보다 온전한 형태를 가진 원본 찾기가 어

인쇄 관련 업무를 하는 친구 사무실에 놀러 갔다가, IBM 볼타자기 소리에 이끌려
출판에 관심을 갖게 되었다.

려웠다. 개화기부터 1960년대까지 발간된 잡지와 신문 중에서 문예면을 따로 뽑아 전집 형태로 만들었다. 누락된 권호나 탈락된 페이지, 지워진 글 한 줄, 글자 하나하나 복원하느라 각 대학 도서관과 연구소, 국립도서관 귀중본실, 서지학자들까지 찾아다니고 만났다. 그렇게 자료를 수집하고 정리했다.

일제강점기 때 간행된 책은 종이와 잉크 품질이 좋지 않았다. 누렇게 변색된 종이는 손을 대기만 해도 바스러졌다. 인쇄된 글자가 날아간 듯 번져 있고 어렴풋이 형태만 남아 있기도 해서 판독조차 어려운 경우가 많았다. 전통한지로 만든 문집들과 근본적으로 보존 상태가 달랐다. 어쨌든 원본 인쇄물 상태가 나쁘면 복사를 하기도 어려웠다.

그럴 때면 국립중앙도서관 귀중본실 깊숙한 곳에 보관된 필름을 찾았다. 요즘 같으면 스캔하거나 촬영한 파일을 서버에 저장하겠지만, 예전에는 부피를 줄이기 위해 마이크로필름으로 보관해두었다. 네거티브 필름에 조명을 비추면 검정 바탕에 흰 글자가 떠올랐다. 그 글자에 얼마나 마음이 설레고, 밀려드는 감동으로 가슴이 벅찼던지.

그렇게 어렵사리 찾아낸 자료를 한 자 한 자 필사해 와 청

한봉숙 검정색, 내가 걸어온 발자국

흰 종이에 인쇄된 검은 글자, 검정색 클로스로 씌운 표지,
금박 은박으로 찍은 제목, 이렇게 완성된 책을 만나는
기쁨은 어떤 말로도 설명할 수가 없다.

타로 옮겨 활자화했다. 자료 수집이 끝나면 편집해야 한다. 자료들을 마치 퍼즐 맞추듯 조각조각 연결해 붙이고, 색 입히고, 라인을 살려 한 페이지 한 페이지 만들어냈다. 끈기와 예민한 감각과 책에 대한 열정이 필요한 일이었다. 내가 찾아내고 조합하는 글에 숨어 있는 역사와 의미, 그 인문학적 가치를 온전히 이해하지 못할지라도 내 손으로 그것에 형태를 입히는 작업, 그 소중한 일을 한다는 것이 보람이었다.

책 한 권을 만들기 위해 여러 과정이 필요했다. 힘들었지만 재미도 있어서 어느덧 세월 가는 줄 모르고 그 일에 몰입했다. 흰 종이에 인쇄된 검은 글자, 검정색 클로스로 씌운 표지, 금박 은박으로 찍은 제목, 이렇게 완성된 책을 만나는 기쁨은 어떤 말로도 설명할 수 없었다.

80년대 중반까지 그런 방식으로 책을 만들었다. 그러다 전산사식기가 개발되고, 286컴퓨터가 나오면서 예전처럼 복잡한 과정을 거치지 않아도 편집할 수 있게 되었다. 그 이후 출판 편집 기술은 더욱 발전했으니, 옛날이야기는 그야말로 '라떼' 시절 이야기일 뿐이다.

하지만 변하지 않는 것은 책 만드는 편집자의 역할이다.

지금까지 만들어왔던 무수히 많은 책들을 한 권 한 권 떠올린다.
나를 변화시켰고 많은 인연들을 만나게 해주었던 책들,
그 검정색 글자들이 내가 걸어온 발자국이다.

편집자는 작가와 교감하면서 그들의 작품이 새로운 책으로 탄생하기까지 지난한 그 길을 함께한다. 편집자의 손에서 새로운 생각과 인연이 만나 자라나고, 또 다른 세계가 구성된다. 편집자는 글 속에 담긴 가치와 지식 그리고 역사를 어떻게 표현할지 항상 고민한다. 작가의 내면까지 녹아 있는 원고를 교정과 편집으로 다듬고 윤이 나게 닦아낸다. 작가의 영혼 속 깊이 간직된 빛과 그림자에, 가시적 형상을 만들어주는 것이 편집자의 역할이다. 그래서일까. 새로 들어온 원고를 받아 읽어볼 때면, 한 사람의 삶을 통째로 만나는 느낌이 든다.

편집자는 원고를 쓴 창작자가 아니지만, 책을 만들 때는 창작자의 마음이 되어 창의력을 불태운다. 물론 원고를 창의적으로 고쳐 쓴다는 의미가 아니다. 너무 딱딱하다 싶으면 글자라도 부드럽게 보이고 싶어서 검정색의 농도를 줄여보고, 글꼴을 바꿔보기도 하며, 다른 색을 넣어보기도 한다. 하지만 흰 종이에 검은 글자, 기본 폰트인 명조체와 고딕체의 단정한 매력에서 벗어나기 쉽지 않다.

가장 기본적인 것이 아름답다. 출판인인 내게 가장 기본적인 색은 글자의 색깔인 검정이다. 검정은 모든 색과 잘 어울

한봉숙 검정색, 내가 걸어온 발자국

린다. 흰 선, 다채로운 무지갯빛, 모두 검은색 바탕 위에서 선명하게 빛난다. 마치 어떤 분야의 원고든 한 권씩 책으로 완성해내고 그 가치를 돋보이게 해주는 편집자 같은 색이, 바로 검정이다.

오래 전 활판 인쇄 시절 종이 위를 만질 때면, 지금도 요철을 느끼는 듯 움푹 찍힌 까만 활자체를 생각한다. 기술이 발달하고 환경이 변화하여 이제는 종이책이 쇠퇴하고 영상으로 더 쉽게 정보를 얻는 시대가 되었지만, 아직도 종이에 인쇄된 검은 글자를 보면 빠져든다. 그러면서 지금까지 만들어왔던 무수히 많은 책을 한 권 한 권 떠올린다. 나를 변화시켰고 많은 인연을 만나게 해주었던 책들, 그 검정색 글자들이 내가 걸어온 발자국이다.

오늘도 흰 종이 위에 보석처럼 박혀 있는 검정색 글자를 마주하며 많은 것을 헤아려본다. 글 속에 숨어 있는 가치와 지식, 역사와 의미. 그것을 찾아 함께 걸어가는 길에서 내 삶도 하나의 역사가 될 수 있으리라 믿는다.

파랑, 삶 깊은 곳으로 들어오다

무채색의 계절 겨울이 지나고 화사한 봄이 왔다. 앙상했던 가지에 통통하게 물이 오르고, 촉촉해진 줄기에 초록 잎이 돋아난다. 상록수도 겨울을 견딘 잎을 떨구고 새잎이 돋아날 자리를 내어준다. 봄꽃들도 차례차례 색색으로 피어난다. 창 너머 그림 같은 풍경은 덤이다. 창문을 열자 빛과 향기가 쏟아져 들어와 내 마음을 채운다.

내 고향은 산과 들에 초록이 가득하고, 마을 앞엔 파란 바다가 펼쳐진 곳이다. 그래서 봄은 온 세상 가득한 푸른빛으로 기억에 새겨져 있다. 그러나 파란색을 떠올리면 안 좋은 추억부터 시작된다. 지금 생각하면 좀 쑥스럽기까지 한 일화다. 언니들은 지금도 만나기만 하면 그때 얘기를 하며 놀려댄다.

한봉숙 파랑, 삶 깊은 곳으로 들어오다

어린 시절에는 그렇게 싫어하던 파란색, 그러나 파란색은 물결처럼
점점 내 안에서 퍼져가면서 나를 푸릇푸릇하게 물들이고 있었던 것이다.

큰오빠 밑으로 딸만 내리 넷을 낳은 부모님은 외동아들로 부족하다고 생각해 아들 하나 더 낳을 심산으로 넷째인 나에게 남자애 옷을 입혀 기르셨다. 여자애에게 남자옷을 입히면 남동생을 보게 된다는 이야기 때문인 듯하다. 또래 아이들은 분홍 노랑 빨강 옷을 입고 다니는데, 내게는 옷이고 신발이고 남자애들이 입는 파란색이나 남색으로 신기고 입혔다. 심지어 초등학교 입학식 날 입을 옷도 파란색 스웨터로 사오셨다. 나는 그 옷을 입지 않겠다며 밤늦게까지 울고불고했다. 그 다음 날이 입학식이었는데 아침에도 퉁퉁 불어서 투정하다 입학식에 지각하고 말았다. 여자애에게 남자옷을 입히면 아들을 낳는다는 그 속설이 맞아떨어진 것인지, 어쨌든 남동생을 셋이나 보긴 했다.

그 기억 때문에 어린 시절 내내 파란색이라면 질색했다. 누가 좋아하는 색이 뭐냐고 물으면 보라색이라고 했다. 분홍색도 노란색도 아닌, 보라색이라고 대답한 것은 마음 깊은 곳에 파란색에 대한 미련이 남아 있었기 때문일 것이다. 취향은 의지를 배반한다.

한봉숙 파랑, 삶 깊은 곳으로 들어오다

짙은 노을과 가벼운 구름, 어스름한 하늘이 뒤섞였을 때 나타나는 저채도의
은은한 분홍빛.

나는 사진 찍기를 좋아한다. 사진을 배우고 출사 나가면서, 파란색 좋아하는 감성을 결국 버리지 못했음을 알게 되었다. 특히, 나는 저녁 무렵 파란색의 매력에 빠져들곤 했다. 해가 하늘 아래로 기울어가고 어슴푸레한 어스름이 깔리기 시작하는 그때 하늘을 찍으면, 하늘과 구름 사이 푸른빛이 노을빛과 오묘하게 어우러진 몽환적인 분위기가 포착된다.

짙은 노을과 가벼운 구름, 어스름한 하늘이 뒤섞였을 때 나타나는 저채도의 은은한 붉홍빛, 바다를 품어 차가운 빛이 감도는 푸른색과 회색의 그러데이션, 어디서든 그 무렵이면 하늘빛은 수채화처럼 더 파랗게 물들어 깊은 감성과 낭만을 자극한다.

그렇게 파랑에 대한 취향은 어린 시절의 트라우마(?)조차 이기고 다시 살아났다. 점점 아름다운 파란색이 눈에 띄기 시작했다. 오래전 유럽 여행길에 담아온 사진들 중에도 파란색 피사체가 많이 보인다. 그때부터 알게 모르게 파란색에 끌려 그런 사진을 찍었나보다. 그 무렵 유독 눈에 들어와 사 온 새파란 유리잔은 아직도 장식장 속에서 빛을 발하고 있다. 그동안 디자인해온 책표지 중에도 유독 파랑이 많다는 것을 뒤늦

한봉숙 파랑, 삶 깊은 곳으로 들어오다

게 깨달았다.

1999년, 출판사 창업하면서 회사 이름을 정할 때 일이다. 지인들에게 물어보고, 책도 뒤적여보고, 작명소까지 찾아가 봤지만 선뜻 마음에 들어오는 이름이 없었다. 고르고 고른 여러 명칭을 나란히 적어놓고 몇 날 며칠 고민했다. 그러다 '파란' '푸른'이 들어간 단어에 마음이 끌린다는 것을 발견했다. 어린 시절에 그렇게 싫어하던 파란색, 그러나 파란색은 물결처럼 점점 내 안에 퍼져가면서 나를 푸릇푸릇하게 물들이고 있었던 것이다.

마음으로 결정하고 푸른색의 의미를 찾아보았다. 생명력이 가득하고 생동감이 넘치는 색, 냉정과 안정을 동시에 느낄 수 있는 색, 혁신적이고 성공을 부르는 색, 신뢰감을 주고 창조성을 강조하는 색이라고 한다. 인문학, 특히 국문학 분야 책을 만드는 출판사 이미지와 맞아 보였다. 로고의 심벌마크도 다양한 색깔의 인문학 책을 만들겠다는 의지를 담아 푸른 나무 형태 디자인으로 결정했다.

사옥을 지을 때도 푸른색 취향은 빠지지 않았다. 노출 콘크리트 건축물의 삭막함을 줄이기 위해서 당당한 자태로 서 있는 소나무와 새하얀 자작나무, 샛노란 산수유 꽃이 아름다운 풍경을 만든다. 개비온 담장에는 담쟁이를 올렸다. 겨우내 그물처럼 담장을 뒤덮었던 담쟁이 줄기에 봄이면 새잎이 돋아나 그동안 감춰뒀던 푸른 정기를 싱싱하게 뿜어낸다. 나무 한 그루만 있으면 아무리 삭막한 공간이라도 활기를 띠게 된다.

역사적으로 볼 때 파란색은 고대 로마 그리스에서 없는 색 취급받으며 푸대접 받았다고 한다. 시대가 흐르고 사고방식이 변하면서, 현대에는 생활에서 사람들이 선호하고 예술 창작에 다양하게 사용하는 색이 되었다.

나 역시 어린 시절에 가졌던 파란색에 대한 편견을 극복하고, 이제 생활을 푸르게 가꿔나가고 있다. 내 삶 깊은 곳에 들어와 강렬한 존재감을 발휘하는 색, 파랑. 오늘도 나만의 취향으로 그 색을 더욱 개성적으로 연출하여 걸작품 만들어낼 포부로 가득하다. 파랑의 매력은 무한하므로.

한봉숙 파랑, 삶 깊은 곳으로 들어오다

흰색, 존재의 빛이자 슬픔인

파랑, 가슴을 뛰게 하는 영혼의 빛깔

휘 민

Hwi Min

이려시는 가수가 되고 싶었다. 중고등학교
때는 문예반도 아니면서 문예반 친구들과
어울려 다녔다. 스물여섯 살에 늦깎이
대학생이 되고 나서 진짜 꿈을 찾았다.
졸업하던 해인 2001년 『경향신문』
신춘문예에 시가 당선되었고, 그로부터
10년 뒤인 2011년 『한국일보』 신춘문예에
동화가 당선되었다. 시집 『생일 꽃바구니』
『온전히 나일 수도 당신일 수도』『중력을
달래는 사람』이 있고, 동시집 『기린을
만났어』, 동화집 『할머니는 축구 선수』,
그림책 『빨간 모자의 숲』 『라 벨라 치따』
등을 펴냈다. '시힘' 동인으로 활동하고
있으며, 현재 동국대학교 미당연구소
전임연구원이다.

흰색, 존재의 빛이자 슬픔인

어머니와 옥양목 그리고 언니

흰색을 좋아한다. 추위를 몹시도 타지만 그나마 내가 겨울을 견딜 수 있는 건 겨울이 흰색과 가장 잘 어울리는 계절이기 때문이다. 한 해의 시작과 끝에 겨울이 있듯이 겨울은 예의 그 흰빛으로 새로운 해를 맞이하고 또 묵은해를 갈무리하라 말한다. 그런데 하양이라고 하면 흰색과는 느낌이 사뭇 달라진다. 밝은 홀소리로만 이루어진 단어라서일까. 하양은 왠지 모르게 명랑한 빛깔 같다.

일반적으로 흰색은 모든 것의 시작이자 시원이고, 죽음이자 부활이며, 순결이자 희생을 상징하는 색으로 널리 알려

한 해의 시작과 끝에 겨울이 있듯이 겨울은 예의 그 흰빛으로
새로운 해를 맞이하고 또 묵은해를 갈무리하라 말한다.

져 있다. 나도 흰색을 생각하면 이 모든 단어를 품고 있는 한 사람, 어머니가 떠오른다. 어머니는 색을 갖지 못했다. 흰색은 어머니가 소유할 수 있었던 유일한 색이었다. 그래서였을까. 월경혈이 묻은 옥양목 생리대를 빠실 때는 유독 방망이에 힘이 들어갔다. 그런 날이면 나는 빨래터에서 송사리 찾는 일을 그만두고 어머니를 바라보았다. 방망이를 휘두를 때마다 들썩이던 어머니의 둥근 엉덩이와 불그스름하다가 이내 흰빛으로 바뀌는 비누 거품을 오래 쳐다보았다. 그 시절 나는 엷은 비린 내를 풍기며 물살에 헹궈지던 하얀 천들을 바라보며 알 수 없는 슬픔을 느꼈다. 물살에 떠밀려 점점 멀어지는 흰 거품을 보며 씨방에서 멀어지는 길을 가늠해보기도 했다. 나는 어머니처럼 살지 않겠다는 다짐과 함께. 그래서 옥양목, 빛이 썩 희고 고운 그 무명의 피륙은 내가 기억하는 최초의 옷감이 되었다.

흰색은 배냇저고리의 색깔이기도 하다. 배냇저고리를 떠올리면 어려서 우물 속으로 들어간 뒤 나오지 못한 언니가 생각난다. 어머니는 생전에 내게 언니 이야기를 잘 하지 않으셨다. 내가 언니의 존재를 알게 된 것도 우연이었다. 열 살 무렵이었다. 다락에 올라가서 혼자 놀다가 내게 어려서 죽은 언니가 있다는 사실을 알게 되었다. 낡은 호적등본 속에서 그녀는 이름에 두 개의 사선이 그어진 채 내게 다가왔다. 그날 이후 지금까지 나는 네 살 난 언니와 함께 살고 있다. 언제부터인가 는 내가 태어나기도 전에 땅속에 묻힌 언니가 10년 뒤에 나로 환생한 것인지도 모른다는 그럴듯한 환상을 만들기도 했다.

언니 얼굴을 감싸는 하얀 손들이 있어요
매 순간 기억들이 빛으로 실을 자아요

물빛이 흔들리네요
별똥별이 남긴 마지막 숨결과
버드나무 잎맥들 사이에서 재잘거리는 바람
나는 아직 물속에서 자라는 나무
그러나 아가미가 없죠
가장 먼 길을 돌아오는 씨앗의 고통으로
초록은 불평 한마디 없이 가을을 건너가죠

달빛이 바가지로 물속 어둠을 퍼내요
빛의 씨앗과 나무들의 전생을 버무려

젖은 물레를 돌려요

언니가 날숨으로
십 년 후에 태어날 나를 밀어내요
내가 들숨으로
기억 속에 잠든 언니를 깨워요

나는 언니가 두고 간 물거울
거울 주인은 수십 년째 우물 속에서 나오지 않죠
— 졸시, 「언니가 두고 간 물거울」 부분

언니를 생각하면 나는 "아직 물속에서 자라는 나무"인 것
만 같다. 어려서 죽은 언니의 존재는 나를 닮은 낯선 타자와의
강렬한 마주침의 시작이었다. 어쩌면 그날 이후 나는 내 삶이
남들과는 조금 다른 방향으로 흘러가리라 예상했는지 모른다.
스물여섯에 늦깎이 대학생이 되고 시를 쓰겠다고 결심한 것도
이와 무관하지 않으리라. 이런 생각을 하면 나는 온전히 내 삶
을 사는 것이 아니라 언니가 남겨준 여분의 삶을 사는 것만 같

휘민 흰색, 존재의 빛이자 슬픔인

동구 밖에선 벌써 어머니를 닮은 목련이 시든 꽃잎을 떨구고 있다.

다. 그래서 자연스레 연기론자가 된다. 미당 선생은 "마흔다섯은/귀신이/와 서는 것이/보이는 나이"(「마흔다섯」)라고 했는데, 나는 어쩌면 너무 일찍 존재의 비의(悲意)를 깨달은 게 아닐까. 내가 언니의 환생이자 부활이라는 그럴듯한 설화를 만들어가면서.

릴케의 시 「두이노의 비가」에는 "아름다움이란 우리가 간신히 견디어내는 무서움의 시작일 뿐"이라는 구절이 나온다. 이제 나는 두렵지만 아주 '간신히' 아름다움을 바라볼 수 있는 나이가 된 것 같다. 나라는 존재의 시작점에 자리한 흰빛을 이제는 제대로 마주할 수 있을 것 같다. '어머니는 나를 두 번 낳으셨다.' 언젠가 이 문장을 꼭 쓰고 싶었다. 하지만 이 문장에 닿기까지 수십 년의 시간이 흘렀음을 나는 고백해야만 한다. 이 문장 속에는 어머니와 나, 그리고 내가 태어나기도 전에 하늘나라로 가버린 언니가 함께 있으니.

밤하늘에 별자리를 만들듯이 희미한 점 하나 마음속에서 꺼내 가장 어두운 곳에 포석을 놓는다. 내 앞으로 일곱 번이나 열렸던 길이 보인다. 당신에게서 빠져나와 세상에 붉은 울음을 던질 때, 나를 몸 밖으로 내보내고도 당신은 고통 속에서 태반이 뜯겨 나오기를 기다렸을 것이다. 어머니를 생각하면 피 묻은 탯줄이 하나의 길고 어두운 길인 것만 같은데 동구 밖에선 벌써 어머니를 닮은 목련이 시든 꽃잎을 떨구고 있다. 이렇게 또 봄이 가고 있다.

한여름의 안나푸르나와 가오싱젠

2002년 여름, 나는 안나푸르나를 오르고 있었다. 나의 발길이 향한 곳은 해발 4,130미터 안나푸르나 베이스캠프(ABC)였다. 때마침 우기라 산행은 거머리들과의 전쟁으로 시작되었다. 집요하게 살 속을 파고드는 산거머리들과 싸우며, 쉴 새 없이 쏟아지는 빗줄기를 맞으며 나흘째 걷고 있었다. 길이 나를 끌고 가는 건지, 내가 길을 밀고 가는 건지 알 수 없었다. 그러나 산행에는 한순간도 생략이 없었다. 그저 내 앞에는 걸어야 한다는 강렬한 실존이 있을 뿐이었다. 나는 길 위에 있었고, 내가 마주한 현실은 지금 이 순간 내가 올라야 할 저 산이었다. 그날 나는 1,500미터를 올랐다.

그러나 안나푸르나는 이방인에게 관대하지 않았다. 눈앞에 있는 것이 분명했건만 모습을 드러내지 않았다. 날마다 비를 뿌리는, 깊이를 알 수 없는 구름이 산허리를 조른 채 놓아주지 않았다. ABC 뒤편이 온통 새하얀 설산이지만 산은 보이지 않았다. 아주 가끔 희멀건 낯을 보이다가 이내 운무 속으로 숨어버렸다. 안나푸르나, 그것은 보이지 않지만 실재하고, 실재하지만 눈으로 확인할 수 없는 대상이었다. 가까이 있어도 보이지 않는 산, 정령 이 산이 내게 말하는 것은 무엇인가. 이런 생각을 곱씹으며 묵묵히 비에 젖은 등산화를 옮겼다.

일행이 다섯이었지만 무거운 침묵만이 흘렀다. 누구도 함부로 입을 열지 못했다. 그저 속내를 짐작할 수 없는 거대한 산, 실체를 보여주지 않는 신령스러운 산을 야속하게 바라보고 있을 뿐이었다. 그때, 누군가 내게 말을 걸어왔다. "모든 것이 하얗다. 당신이 찾아다녔던 상태가 바로 이것이 아닌가? 아무것도 가리키지 않고 아무 의미도 없는 그림자들로 이루어진 모호한 이미지들로 가득한 이 얼음의 세계 같은 상태, 즉 완전한 고독."(가오싱젠, 『영혼의 산』, 현대문학, 2001) 정말 그러했을까. 어쩌면 가오싱젠은 그 해답을 알고 있는지도 몰랐다.

휘민 흰색, 존재의 빛이자 슬픔인

출판사로부터 작품 발표를 거절당하고, 폐암 선고까지 받은 작품 속 주인공 '나'는 새로운 삶을 시작하려 여행을 떠난다. 정리해고라는 이름으로 뜻하지 않게 일자리를 잃고, 사랑하는 사람마저 떠나보낸 현실 속의 나도 새 삶을 모색하려 길을 나섰다. '나'의 목적지는 영산(靈山), 내가 찾아간 곳은 안나푸르나였다. '나'는 실재하는지 아닌지도 모를 산을 찾아 티베트 고원과 쓰촨 분지, 치라이 산맥을 누볐고, 나 역시 내가 무엇을 찾는지 모른 채 티베트 고원을 헤매다 안나푸르나에 들었다. 그래서였을 것이다. 안나푸르나를 오르는 내내 가오싱젠의 소설『영혼의 산』을 떠올린 것은.

다음 날 아침, 예정된 출발 시간을 늦춰가며 우리는 하늘이 맑아지기를 기다렸다. 하지만 8시 30분경 끝내 허탈한 마음만 한가득 안고 무거운 발걸음을 떼야 했다. 하산하는 동안 두고 온 것도 없는데 자꾸만 뒤를 돌아보고 또 돌아보았다. 얼마쯤 지났을까. 앞서가던 포터가 갑자기 뒤를 돌아보라고 손짓했다. 돌아보니 아주 잠깐 운무 속에서 안나푸르나가 그 시린 이마를 보여주었다. 미처 카메라를 꺼낼 시간도 없었다. 그게 끝이었다.

처음엔 올라갈 때보다 수월하게 느껴지던 하산길이 점점 만만치 않게 다가왔다. 다리에 힘이 풀리고 무릎이 뻐근해 왔다. 온종일 걷다가 다섯 시쯤 시누아에서 산행을 접고 전망 좋은 숙소에서 짐을 풀었다. 저녁을 먹고 나서는 대나무 줄기를 엮어 지붕을 씌운 간이 취사장에서 조촐한 파티가 열렸다. 한 평 남짓 될까. 그 좁고 그을음내 나는 곳에 우리 일행 다섯과 포터, 로지에서 만난 외국인 여행객 두 명이 모여 앉았다. 정종과 비슷한 네팔의 전통주 럭시를 화덕 위에 올려놓고 적당히 데워진 술을 두 개의 잔으로 번갈아 마시면서. 낯선 외국인들이 모여 앉아 술 마시며 노래 부르는 모습이 재미있던지 어느새 로지에서 일을 돕던 노파도 우리 곁에 앉았다. 그러곤 가난한 여행자들을 위해 화덕 위에서 죽순을 볶아 술안주로 내놓았다. 술자리는 다섯 주전자의 럭시를 비우고 나서야 마무리되었다. 짓궂은 날씨는 우리를 지치고 힘들게 했지만 다정한 이웃들이 있어 새살이 돋듯 생채기 난 마음에도 온기가 돌았다.

다음 날 아침 7시경, 구름 속에서 베일을 벗고 살짝 얼굴을 내비친 마차푸차레를 볼 수 있었다. 구름 속에 싸여 있었지

휘민 흰색, 존재의 빛이자 슬픔인

구름 속에서 베일을 벗고
살짝 얼굴을 내비친 마차푸차레.

만 물고기 꼬리 모양이 선명했다. 히말라야는 끝없는 기다림에 지쳐 기진맥진해 스스로 나가떨어질 때쯤 그렇게 촌음을 다퉈 잠깐씩 자신의 실체를 보여주곤 했다.

그해 여름 나의 일기장에는 '난생처음'이란 말들이 무시로 등장했다. 그것은 낯선 문명과 대면한 생뚱했던 첫 느낌들이자 젊음의 다른 이름이었다. 그런 느낌들이 하나둘 쌓여 나를 키우는 게 아닐까. 안나푸르나, 그곳은 내게 '영혼의 산'의 다른 이름이었다. 오늘도 나는 눈으로 뒤덮인 새하얀 시원(始原)을 꿈꾼다. 주저앉지 않는 한 길은 언제나 열려 있을 것이라 믿으며.

진흙 속 시든 백합과 보들레르

2020년 5월, 4년 6개월 동안의 화성살이를 접고 다시 서울로 올라왔다. 집을 얻은 곳은 장안동이었고 맞은편에는 전에 살던 동네인 중곡동이, 그 사이에 중랑천이 있었다. 화성에 사는 동안 가장 그리웠던 것은 곁에 있는 쉴 만한 물가였다.

휘민 흰색, 존재의 빛이자 슬픔인

화성에는 바다가 있었지만 내가 살던 곳에서는 큰맘 먹고 나서야 했다. 그래서였을까. 꼬맹이였던 아이를 자전거 뒷자리에 태우고 천변을 달리던 날들이, 강아지풀을 닮은 수크령을 '개풀'이라 부르는 아이와 함께 깔깔거리던 시간이 그렇게 그리울 수 없었다. 이삿짐을 풀어놓고 그다음 날 바로 천변으로 달려간 이유가 여기 있었다.

가끔은 혼자 자전거를 타고 지날 때도 있었지만 대부분은 이제 다섯 살이 된 개와 함께였다. 지난날 자전거 뒷자리에 앉아 있던 아이는 어느새 혼자만의 시간을 즐기는 사춘기 소녀가 되었기 때문이다. 일단 둑방길로 접어들기만 하면 개는 본능에 이끌리듯 물가로 방향을 틀었다. 물이 가까워질수록 더욱 바빠지는 개의 콧잔등. 아마도 물비린내가 개의 후각을 자극했으리라. 그렇게 물가를 오른쪽에 두고 왼쪽에 장미꽃밭을 두고 걷다 보면 어느새 우리는 장평교에 닿았다. 산책길의 중반쯤인 그곳에는 여름이면 백합꽃밭이 들어섰다. 그런데 하필 그 흰 백합들은 장마철에 꽃대를 밀어 올리고 있었다. 그러는 사이 폭우가 쏟아졌고 중랑천이 넘쳤다. 양안에 있는 동부간선도로가 통제되었고 개천을 가로지르던 돌다리는 흔적도 없이 사라져버렸다. 산책을 할 수 없었던 개는 자주 베란다에서 창밖을 내다보았고, 나는 빗줄기가 뜸해진 틈을 타 중랑천으로 물 구경을 갔다.

그날, 범람하는 물에서 나는 취함을 보았다. 무언가에 빠져들다가도 현실감각이 또렷이 되살아나는 순간이면 나는 쉽사리 취함을 놓아버리곤 했었다. 그것이 사랑일 때도 있었고, 그리움일 때도 있었고, 문학일 때도 있었다. 내 안에 마치 천칭이 있는 듯 몸이 한쪽으로 기울어지면 나는 기어이 다른 쪽 접시에 생활을 올려놓았다. 그렇게 살아 있음을 확인했고 막막한 현실 앞에서는 눈물조차 사치라는 것을 일찌감치 깨달았다. 빈 그릇을 다 채우지 않고는 넘치지 않는다는 것을 알면서도 매번 마음을 아꼈던 그 시간들이 주마등처럼 지나갔다. 그런데 범람(氾濫)이라니. 그날 집에 돌아와 보들레르의 『파리의 우울』을 뒤적였다.

"항상 취해 있어야 한다. 모든 게 거기에 있다. 그것이 유일한 문제다. 당신의 어깨를 무너지게 하여 당신을 땅 쪽으로 꼬부라지게 하는 가증스러운 '시간'의 무게를 느끼지 않기 위해서 당신은 쉴 새 없이 취해 있어야 한다."(「취해라」)

　　　　　　휘민　흰색, 존재의 빛이자 슬픔인

비가 그친 뒤 다시 개와 함께 중랑천으로 향했다. 장미꽃들은 대체로 온전했지만 백합들은 영 못쓰게 돼버렸다. 그런데도 시든 꽃술 사이로 향기를 밀어내고 있었다. 그 순간, 아름다움은 무엇일까라는 화두가 스쳤다. 20년 넘게 시를 쓰면서도 그동안 한 번도 쓰지 못했던 '아름답다'라는 단어 앞에서 나는 내 것이 아닌 감정을 마주한 듯 한동안 멍해졌다. 그리고 취함, 물비린내, 생의 절정에서 홍수를 만났던 흰 백합이 피를 토하듯 뿜어내던 향기의 의미를 오래 생각했다.

파랑, 가슴을 뛰게 하는 영혼의 빛깔

'나를 키운 건 팔 할이 파랑이다'

방랑에 대해 생각한다. 정확히 말해 방랑벽에 대해. 사전을 들춰 보니 '정처 없이 떠돌아다니기를 좋아하는 버릇'이라고 나온다. 역학에서는 역마살이라 부르는 바로 그것. 남들보다 떠돌아다니기를 즐기는 것뿐인데, '살(煞)'이라니, 참 무서운 말이다. 살은 사람이나 물건 따위를 해치는 독하고 모진 기운, 곧 악한 귀신의 짓이라는데……. 언제부터였을까. 그 고약한 살이 내 삶을 기웃거리기 시작한 게. 하지만 어쩌겠는가. 귀신이 쓰인 듯 내 의지만으로는 어찌할 수 없는 간단없는 마음의 소요를.

바다가 없는 곳에 살아서였을까. 나는 유난스레 바다를 동경해왔다. 하지만 불행히도 내가 처음 본 바다는 인천 앞바다였다. 초등학교 6학년 수학여행 때였던가. 그 거무스름한 물빛을 보는 순간 그동안 마음속에 고이 품어왔던 바다에 대한 환상이 와르르 무너져내렸다. 그 후로도 좀처럼 제대로 된 쪽빛 바다를 볼 수 없었다. 어쩌다 큰맘 먹고 여행을 떠나면 멀쩡하던 하늘도 이내 어두워지기 일쑤였다.

그러다 조금씩 스스로 내 안의 갈급증을 풀어갈 수 있게 되었다. 차를 사게 된 것이다. 그때부터 내 차는 무시로 바다를 향해 달려야 했다. 개밥바라기 방싯거리는 초저녁에도, 밤새 울다 지친 귀뚜라미의 조금은 갈라진 음성이 이우는 하현의 목울대에 걸릴 때도 그랬다. 어떤 날은 친구와 바람이나 쐬자고 나섰다가 그 길로 구불거리는 지방도를 내리 여섯 시간을 운전해 울진으로 달려가기도 했다. 내 안의 어둠을 헤치듯 미명을 뚫고, 그 푸른 물빛 한번 보자고 밤새 뒤척였고, 끝내 아침을 기다리지 못해 내달리곤 했다. 그러던 어느 날 깨달았다. 내가 그리워한 것은 바다가 아니라 쪽빛이었다는 것을. 물이 아니라 씻부신 듯 차가운 그 시린 빛이었다는 것을. 그제야

비로소 혼몽스럽던 마음의 갈피가 잡히는 듯했다. 나의 방랑벽은 푸른 것에 대한 집착이었음을 알게 된 것이다. 벽(癖)에 얽매이다 내 안에 깃들인 또 다른 벽(碧)을 발견한 셈이다.

여행을 할 때도 마찬가지였다. 돌아와서 사진을 들여다보면 내가 여행하면서 집착한 것이 여행지의 생소한 느낌들이 아니라 푸른빛이었음을 알게 된다. 그래서 내 카메라의 앵글은 종종 로우 앵글인 경우가 많았다. 하늘을 최대한 많이, 또 푸르게 담아내기 위해 무릎을 구부리고 때론 쪼그려 앉기도 했다.

그런데 나는 왜 이토록 파랑에 집착했을까. 물론 알고 있다. 맑은 날에 하늘과 바다가 푸르게 보이는 것은 햇빛의 산란 때문이라는 것을. '빨주노초파남보' 햇빛 속에 숨겨진 일곱 빛깔 중 파랑이 다른 빛보다 더 많이 산란하고, 또 우리 눈에 잘 보여서 하늘도 바다도 푸르게 보인다는 것을. 하지만 이런 사실은 내게 중요하지 않았다. 푸른빛은 언제나 내게 먼 곳과 그리움의 색이었다. 바다가 그러하듯이 하늘이 그러하듯이. 그래서 파랑은 내게 현실과는 거리가 먼 이상의 색으로 다가왔다. 그것은 돌아갈 수 없는 시간에 대한 그리움이기도 했고,

푸른빛은 언제나 내게 먼 곳과 그리움의 색이었다.
바다가 그러하듯이 하늘이 그러하듯이.

내 앞에 다가와주었으면 하는 미래에 대한 간절한 염원이기도 했다. 그래서일까. 가을이면 저절로 흥얼거리게 되는 시가 있다. 서정주의 「푸르른 날」이다.

"저기 저기 저, 가을 꽃자리/초록이 지쳐 단풍 드는데". 한 행 한 행이 절창이지만 시어 사이로 숨길 수 없는 운율 감각이 번져온다. 사랑하는 이에 대한 굽이치는 감정의 소용돌이를 이처럼 눈부시게 풀어낸 시가 우리 시사에 또 있을까. "내가 죽고서 네가 산다면?/네가 죽고서 내가 산다면!" 시인은 사랑 뒤에 다가올 이별을, 삶 뒤에 다가올 죽음을 상기시킨다. 사랑은 죽음으로 남겨진 상대의 빈자리까지 껴안아야 하는 일임을 이야기한다. 그것은 인간의 유한함을 일깨우는 것이기도 하지만 삶이 품고 있는 존재론적 모순이기도 하다. 죽음은 결국 삶의 그림자일 테니. 시어도 깊고 아름답지만 송창식의 목소리로 불리는 노래 또한 일품이다. 그래서 가을에는 자꾸 이 노래를 흥얼거리게 된다. 그리움 가득한 눈빛으로 자주 하늘을 올려다보면서.

휘민 파랑, 가슴을 뛰게 하는 영혼의 빛깔

인디고블루, 멀고도 무한한 우주의 색

인디고블루를 떠올리면 짙푸른 밤하늘과 칼 세이건이 생각난다. 그리고 아버지와 칼 세이건의 저서 『코스모스』가 생각난다. 나는 책에도 운명이 있다고 믿는 사람이다. 어떤 책은 존재만으로도 힘이 되고, 어떤 책은 언젠가 몇 구절 인용되기 위해 수십 년씩 서가를 지킨다. 어떤 책은 읽다가 버려지기도 하고, 또 어떤 책은 모서리가 수도 없이 접히고 책장이 너덜너덜해지기도 한다. 칼 세이건의 『코스모스』는 내게 첫 번째에 해당하는 책이다. 내가 가지고 있는 건 1981년에 출간된 학원사판인데, 지금까지 부침 많은 삶을 살아내느라 여러 번 이사를 했어도 언제나 이 책의 자리는 한결같았다. 내 방 책장 한가운데 눈에 가장 잘 띄는 곳. 문학을 배우고 가르쳐온 내겐 문학책이 아니라서 더 특별하고 소중한 인생 책이다.

그러나 『코스모스』를 통해 내가 배운 것은 우주의 신비도 '창백한 푸른 점' 속 작디작은 먼지 같은 인간의 왜소함도 아니었다. 그것은 이 책을 만나기 전까지는 단 한 번도 생각해본 적 없는 어떤 동질성에 대한 위대한 발견이자 나는 누구일까에 대한 거대한 질문이었다. 사람도 떡갈나무도 똑같은 물질로 이루어져 있다니. 나와 도토리가 친족 관계이고 우리 모두 별의 산물이라니 놀랍지 않은가.

과학 분야의 고전 『코스모스』는 1980년대 초반 전 세계 60개국에 방영된 미국의 TV 다큐멘터리 〈코스모스〉의 원고를 편집한 책이다. 인간의 본질을 우주적 관점에서 조망한 이 책에는 놀라운 발견과 번뜩이는 예지, 아름다운 문장들이 가득하다. 책장을 펼칠 때마다 나는 매번 감동했고 깊이 매료되었다. 덕분에 눈에 보이지 않는 극미의 세계와 너무나 거대해 보이지 않는 광활한 우주를 넘나들며 행복한 상상을 마음껏 펼칠 수 있었다.

가령 칼 세이건은 이런 문장으로 나를 꼼짝달싹 못 하게 만들었다. "대개의 별은 언제나 같은 밝기로 빛나고 있으나 불안정하게 반짝이는 별이나 일정한 리듬으로 깜박거리는 별도 있다. 우아하게 자전하는 별도 있고 너무 심하게 자전하는 까닭에 납작해진 별도 있다." 이 문장을 처음 읽었을 때 나의 심장은 요동쳤다. 지금도 선명하게 밑줄이 그어진 그 구절에서 나는 아버지를, 아버지의 고단했던 삶을 보았다. 그날 문득 깨

휘민 파랑, 가슴을 뛰게 하는 영혼의 빛깔

어린 시절부터 수없이 올려다본 밤하늘은 내게 또 다른 고향과도 같다.

달았다. 아버지가 '너무 심하게 자전하는 까닭에 납작해진 별'
일 수 있다는 것을. 스물다섯이 넘어서야 시인이 되고 싶다는
꿈을 꾸게 된 내가 만난 가장 아름답고 슬픈 은유였다.

그 문장을 읽고 난 뒤부터는 사람에 대해, 삶에 대해 더 오
래 생각하게 되었다. 겉으로 드러난 모습이 아니라 그 뒤에 가
려진 그늘도 함께 보아야 한다는 것을 알았다. 누구나 자기 몸
의 무게만큼 어둠을 거느리고 산다는 것도. 별이 어두운 밤에
빛을 내듯이 겉으로 보기에 유난히 밝은 사람이 어쩌면 가장
외로운 사람일지도 모른다는 생각을 그날 처음 하게 되었다.

그러나 고백건대 나는 이 책을 처음부터 끝까지 정독한
적은 없다. '코스모스(Cosmos)'라는 말을 처음 쓴 사람이 피타
고라스라는 사실은, 우주가 거쳐온 진화의 과정은 내게 중요
하지 않았다. 언제나 나를 사로잡은 것은 누렇게 빛이 바랜 책
갈피들 속에 숨어 있는, 마치 달의 분화구처럼 상처 입은 문장
들이었다. "은하의 자살률은 아주 높다", "선택은 외부에서 주
어졌다", "케플러의 책은 그의 어머니가 마녀임을 증명하는 자
료로 사용되었다"…….

어린 시절부터 수없이 올려다본 밤하늘은 내게 또 다른

고향과도 같다. 그곳에는 모깃불이 올라오는 마당에서 옛날이
야기를 들려주시던 아버지의 다정하던 목소리와 저녁나절 머
릿수건에 실려 온 어머니의 땀 냄새가 있다. 지금도 가끔 밤하
늘을 올려다본다. 도시의 불빛들에 가려져 잘 보이지는 않지
만 그래도 명멸하는 불빛들 너머에 별이 있다는 걸 안다.

　목이 긴 굴뚝을 빠져나온 연기가 고욤나무 우듬지를 지나 잘
박거리는 어둠 속으로 몸을 숨길 때 맥맥거리며 저녁을 부르던
어미 소의 억센 혓바닥에도 작두날에 잘게 부서진 옥수수 줄기
가 가닿을 때 그즈음이면 만화도 다 끝나고 우리는 세 개밖에
안 되는 흑백텔레비전의 채널을 드륵 드르륵 돌려대고 마당 귀
퉁이에선 급히 마신 어둠 토해내듯 울컥울컥 하얀 모깃불이 피
어올랐다 둥글게 퍼지는 삼십 촉 전구 아래 모여 앉아 늦은 저
녁을 먹던 날 모깃불 위에 던져진 갈맷빛 잎사귀들 마른 눈가
그렁그렁하게 하고 저녁을 다 먹고 멍석에 드러누워 찰진 옥수
수알 오물거릴 때 느려진 아버지의 부채질 사이로 잠결인 듯
들리던 계면조 진주라 천릿길을 내 어이 왔든고…… 안드로메
다 그 멀고 먼 은하까지 덜컹, 덜컹, 달려가는 새하얀 연기 여

름밤의 고요를 깨우며 어린 내 가슴에 지워지지 않는 바큇자
국을 남기고 간 먼 하늘의 기적 소리 그날 왜 세상은 눈금 많은
모눈자처럼 보였는지 달의 그림자 뒤에 가려진 밝은 폐허 매운
콧잔등에 얹힌 내 유년의 마지막 풍경

— 졸시, 「흑백텔레비전에 대하여」 전문

짙푸른 밤하늘은 내게 무한한 영감과 상상력의 원천과도
같다. 천문학(天文學)이라는 말 속에 이미 '문학'이 들어 있는
것처럼 나는 언제나 별을 믿는다. 그리고 시가 "말로 표현되지
않는, 단지 암시된 어떤 것을 단어로 나타내려는 무시무시한
도전"(스티븐 스펜서)임을 안다. 언어로 표현되는 세계 이전에
과학적 관찰과 상상력이 존재한다는 사실도 알고 있다. 칼 세
이건은 말했다. "상상력은 종종 과거에는 결코 없었던 세계로
이끌 수 있다. 그러나 상상력 없이 갈 수 있는 곳은 없다." 나
의 길도, 시의 길도 그러하다.

휘민 파랑, 가슴을 뛰게 하는 영혼의 빛깔

로리앙의 밤

레드빛 선율을 연주하다

박 혜 경

Park Hye Kyung

대전에서 태어나 어린 시절에 서울로 와서
성장했다. 문학을 좋아해서 문예창작을
공부했다. 가천대학교 국문과에서 석박사
과정을 마치고 문학박사 학위를 받았다.
현재 한밭대학교에서 학생들을 가르치고
있다. 저서로『오정희 문학 연구』, 공저로
『문화사회와 언어의 욕망』『시적 감동의
자기 체험화』『김유정과의 산책』등이 있다.

로리앙의 밤

색깔은 우리의 기억을 환기하는 데에 중요한 역할을 한다. 어떤 색깔이 사람이나 상황을 이해하고 판단하는 데에 영향을 미치기도 한다. 누군가를 만났을 때 그 사람이 입었던 옷, 액세서리, 타는 차의 색깔까지도 다 그날의 분위기와 함께 뚜렷하게 기억날 때가 있다. 요즘에는 퍼스널 컬러라고 해서 사람들이 자신에게 어울리는 색상을 찾는 일에 몰두하기도 하고, 자기가 좋아하는 색에 심취한 사람은 그 색에 대한 무한한 사랑을 드러내기도 한다. 나는 검은색을 좋아하는 편이라 옷장을 열어보면 검은색 옷이 많은데, 어쩌다 작정하고 다른 색 옷을 고르려고 해도 결국에는 같은 선택을 하게 된다. 검은색이 내게 무난하게 어울리기도 하고, 다른 색상의 옷이나 소품들과 맞춰 입기도 좋고, 무엇보다 격식을 차리거나 예의를 갖춰야 하는 자리나 편안한 복장을 할 때 두루두루 어울린다는 생각이다. 이 정도면 나도 검은색에 심취해 있다고 볼 수 있겠다.

검은색은 단지 어둡다는 시각적 현상 외에도, 그 느낌이 고요하면서도 신비롭고, 바라보는 사람으로 하여금 몰입감에 빠져들게 하는 힘이 있는 것 같다. 색과 빛을 중시하는 인상주의 화가들은 검은색은 색이 아니라고 부정하기도 했다. 하지만 후기 인상주의 화가로 알려진 반 고흐는 자신의 작품 속에서 더욱 짙은 검정을 구현해내고자 노력했다고 한다. 나는 고흐가 그려낸 듯한 짙은 검은색 밤을 좋아한다. 내가 의미 있게 기억하는 장면들 중에도 검은색 밤에 얽힌 시간이 많다. 아무래도 바쁜 일상에 쫓기는 낮 시간보다는 밤의 달콤함이나 포근함이 선사해주는 추억들이 많을 수밖에 없는 것도 사실이다.

고등학교 3학년 시절, 점점 다가오는 입시에 대한 압박으로 몸과 마음이 지쳐가고 있었다. 내가 기억하는 그날도 터벅터벅 지친 발걸음으로 독서실에서 집으로 돌아가는 길에, 친구 하나가 까만 밤하늘을 올려다보며 '야, 정말 칠흑 같은 어둠이다'라는 말을 무심히 던졌다. 자정을 훨씬 넘긴 시간이라 소곤소곤 이야기를 나누는 것조차 괜히 조심스러운 시간이었는데, 친구가 툭 던진 말에 웃음이 터졌다. 팍팍한 현실에서 낭만 어린 친구의 말이 우습기도 하면서 한순간 긴장이 풀리는 듯도 했다. 친구를 따라 바라본 하늘은 그날따라 유난히 어두웠고, 괜스레 위안이 됐다.

검은 밤이 주는 특별한 추억은 또 있다. 프랑스 북서부의 항구도시인 로리앙의 작은 마을에서 보낸 밤의 기억이다. 서른을 눈앞에 둘 무렵, 용기를 내서 어디론가 떠나고 싶었고 유럽 배낭여행이라는 계획을 세웠다. 프랑스로 유학을 갔다가 정착해 살고 있는 친구를 만나는 것도 중요한 일정 중 하나였다. 파리에 도착해서 TGV를 타고 서너 시간쯤 가니 친구가 살고 있는 로리앙이라는 도시에 도착했다. 마중 나온 친구의 환한 미소가 기억 속에 선명하다.

한적한 길을 달려 도착한 친구네 집은 푸른 초원 위로 자유롭게 양 떼가 노닐고 있었고 인가도 드물 만큼 고요한 마을에 자리 잡고 있었다. 미술을 전공한 친구 부부의 아담하고 예쁜 집 뒤뜰에는 아틀리에까지 갖춰져 있었다. 그곳 대학에서 교수로 재직 중인 친구와 함께 어울릴 수 있는 때는 밤시간뿐

친구네 집은 푸른 초원 위로 자유롭게 양 떼가 노닐고 있었고
인가도 드물 만큼 고요한 마을에 자리 잡고 있었다.

이었다. 낮에는 함께 간 친구와 로리앙 거리를 돌아다니며 낯선 이국땅의 풍경을 즐겼다. 노천카페에 앉아 커피도 한잔 마시면서 그곳의 낭만과 여유로움을 만끽했다. 여고 동창생인 우리 셋은 밤마다 몇 년간 묵혀두었던 회포를 풀었다. 친구가 만들어 준 양고기 요리와 레드와인은 그 자리에 딱 어울리는 최고의 저녁이었다.

제도권 교육 아래 숨 막혀 하던 우리가 졸업 후 몇 년이 지나 이렇게 로리앙 하늘 아래서 다시 만나 추억을 얘기하리라곤 그 시절에는 상상조차 못 했었다. 이제는 다들 각자의 자리에서 나름대로 제 몫을 하며 살고 있으니 서로 대견해하며 한참을 웃기도 했다. 와인을 나눠 마시며 서로의 근황과 밀린 얘기들을 나누느라 밤이 깊어가는 줄도 몰랐다. 여고 시절 이야기를 하며 킥킥대고 대학원에 다니면서도 미래가 불투명했던 이야기, 결혼하라고 성화를 하시는 부모님 이야기 등이 끝없이 이어졌다. 온종일 일을 하고 온 친구나 여행의 피로가 쌓인 우리나 밤이 주는 에너지 덕분에 피곤한 줄도 몰랐다. 오히려 일분일초가 아까운 시간들이었다.

"분위기도 좋은데 밖으로 나가자", 친구의 한마디에 우

우리가 함께했던 로리앙의 밤도 청춘의 소중한 순간으로 기억하고 있다.
검은 밤하늘 아래에서 빛나던 청춘의 시간들이 내내 그리울 것이다.

리는 정원으로 나갔다. 정원에 나가 주위를 둘러보니 푸른 초원은 흔적조차 없이 온통 검은색 어둠뿐이었다. 늘 마주하던 밤 풍경이지만 그곳의 밤은 왠지 달랐다. 하늘은 물론이고 주변 사위조차 빛 한 톨 들어오지 않은 완벽한 어둠이었다. 오히려 우리가 켜놓은 흐린 불빛과 작은 목소리의 대화마저 이 고요와 어둠을 방해할까 걱정이 될 지경이었다. 검은색을 좋아했다는 고흐가 아주 큰 붓을 들고 나와 더 짙은 검은색을 만들기 위해 덧칠해놓은 게 아닐까 싶은 상상도 해보았다. 조심한다고 해도 어쩔 수 없이 커지는 웃음소리에 스스로 놀라면서도 이야기는 끊이지 않았다. 친구는 밤의 풍경에 어울리는 노래를 읊조리듯 조용하게 불러주었다. 로리앙의 밤은 우리에게 신비롭고 고요한 시간을 선사했고, 덕분에 새로운 추억과 즐거움이 생겨났다. 화려한 도시의 불빛이 없는 자연 그대로의 밤 풍경 안에서 평화로운 시간을 보냈다.

삼십여 년이 가까운 시간 동안 무심한 듯 무심하지 않게 서로를 지켜주던 시간들 가운데에 우리가 가장 아름다웠던 로리앙의 밤이 자리하고 있다. 오랜 시간이 흘렀지만 그때의 검은 어둠이 내 눈앞에 와 있는 듯 생생하다. 검은 장막을 저만

박혜경 로리앙의 밤

치 밀어내면 페이드아웃 되었던 우리들의 이야기가 언제라도 다시 살아 나올 것만 같다. 검정은 대상이 가진 모습 자체만으로 충분해서 더 이상의 치장이 필요 없는 색이라고 한다. 그만큼 검정은 고귀하고 우아하며, 청춘에 어울리는 색이다. 우리가 함께했던 로리앙의 밤도 청춘의 소중한 순간으로 기억하고 있다. 검은 밤하늘 아래에서 빛나던 청춘의 시간들이 내내 그리울 것이다.

검정은 화려한 색감을 지니지 않아서, 눈에 띄지는 않지만 차분하고 안정감 있는 모습으로 자리를 지킨다. 저마다 존재감을 뽐내는 색 사이에서 무겁지도 가볍지도 않게 개성을 드러낸다. 또한 이 세상의 색을 모두 섞으면 검정이 된다고 하니 그만큼 포용력이 있고 깊이가 있다고도 볼 수 있겠다. 내가 좋아하는 밤의 시간도 한낮의 소용돌이를 모두 흡수하여 고요와 고독, 자유로움으로 오롯이 남아 있다. 나는 앞으로도 까만 밤의 시간을 여전히 사랑하며 보내게 될 것 같다. 어둠이 주는 자유로움과 몰입감, 고독과 은밀한 시간들을 즐기면서 말이다.

레드빛 선율을 연주하다

얼마 전에 파이프 오르간 연주회에 다녀왔다. 파이프 오르간 연주회를 정식으로 보는 것은 처음이라서 기대가 됐다. 더군다나 '레드, 오르간'이라는 제목이 마음에 들었다. 요즘 나는 빨간색에 대한 궁금증과 호기심이 생겼다. 빨간색은 워낙 이미지가 강한 데다가 개인적인 친밀함이나 호불호를 논하기에는 부담스러운 색이었는데 이런 변화가 낯설다. 그러던 중에 우연히 만나게 된 연주회의 제목이 '레드, 오르간'이었다. 레드와 오르간의 조화가 어떻게 구현될지 호기심과 기대 속에 공연장을 찾았다.

평일 오전 공연이고 아직 시간이 여유롭게 남았음에도 불구하고 로비는 사람들로 붐볐다. 어떤 매력이 사람들을 공연

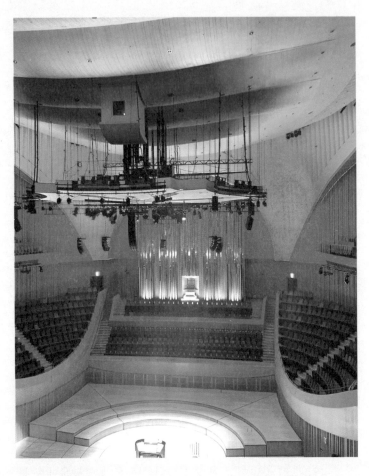

내가 오르간 연주회 때 본 빨강은 레드라는 표현이 제격이었다.
숙성이 잘된 레드와인처럼, 고상하고 우아한 레드빛으로 기억하게 될 것이다.

장으로 이끌었는지 내심 궁금했다. 소란한 분위기를 피해 일찌감치 공연장 안으로 들어와 자리를 잡고 앉으니 뜻밖의 선물이 기다리고 있었다. 공연 전의 무대를 보는 기쁨이었고, 공연이 끝난 후에 드는 기분과는 전혀 다른 설렘이 느껴졌다. 무대 사진도 몇 장 찍으며 기다리다 보니 어느새 공연이 시작됐다. 레드라는 제목에 걸맞게 사회자는 검은색 상의에 빨간 바지를 갖춰 입었고, 연주 때 발을 많이 사용하는 연주자는 빨간 양말로 포인트를 주었다.

　본격적인 연주가 시작되면서 4단 건반과 페달을 이용해 자유자재로 연주하는 모습에 빠져들었다. 연주자의 역동적인 움직임과 오르간의 매력적인 선율은 내 눈과 귀를 사로잡기에 충분했다. 연주 소리는 상상도 할 수 없을 만큼 웅장하고 장엄하기까지 해서 단번에 공연에 몰입하게 되었다. 오르간이라는 악기의 매력에 빠져들었고 '악기의 제왕'이라는 칭호가 과연 잘 어울린다는 생각이 들었다. 보다 연주에 집중하기 위해 눈을 감으니 내 안의 심장 뛰는 소리가 들리는 듯했고, 지금 당장이라도 심장 박동수를 확인하고 싶은 충동을 느꼈다. 내가 있는 2층 객석과 무대와의 거리감은 전혀 문제가 되지 않을 만큼 연주는 압도적이었다. 파이프 오르간 연주 소리는 그 큰 공연장을 꽉 채우고 있었다.

겉으로 보이는 것은 4단 건반과 페달, 스톱을 이용해서 연주하는 모습이 전부이지만 파이프 오르간의 진짜 매력은 숨겨진 파이프 내부에 있다. 무대 뒤에 있는 파이프 내부가 공개됐을 때 그 규모에 다시 한번 놀랐다. 웅장하고 큰 소리의 정체는 바로 비밀의 방처럼 감춰진 파이프 오르간 내부의 수많은 파이프에 있었다. 파이프 오르간은 하나의 건축물에 비유되기도 하는데 엄청난 규모의 파이프 오르간 내부를 스크린에서 보는 것만으로도 대단했지만, 그 안으로 직접 들어가서 선율의 근원을 직접 확인하고 싶은 욕심이 들었다. 5,000여 개의 파이프가 연주자의 손끝과 발끝에 따라서 유기적으로 작동하고 그토록 웅장하고 다채로운 소리를 낸다는 것이 생각할수록 신기했다.

파이프 오르간의 세계에 빠져들고 있을 무렵에 공연의 진짜 클라이맥스가 기다리고 있었다. 사회자는 잠깐 뜸을 들이며 관객의 기대를 고조시키고 공연장에는 짧은 정적이 흘렀다. 드디어, 사회자의 신호에 따라서 무대에는 온통 레드빛 조명이 환하게 들어왔다.

　연주를 듣느라 말랑말랑해진 나의 감성과 감동은 절정에
이르렀다. 나뿐만 아니라 그곳에 있는 관객들은 최고의 함성
과 박수로 화답했다. 내가 본 레드 중에 가장 황홀하고 아름다
웠다. 오르간의 웅장하고 역동적인 소리와 잘 어울리는 화려
하면서도 우아하고 강렬하면서도 고상한 레드였다. 빨강의 스
펙트럼은 다양하다. 내가 오르간 연주회 때 본 빨강은 레드라
는 표현이 제격이었다. 숙성이 잘된 레드와인처럼, 고상하고
우아한 레드빛으로 기억하게 될 것이다. 내가 기대하던 레드
를 마주하면서 짧은 내적 동요가 일었고 뭔가 내 가슴 속에서
뭉클함이 있었다.

　붉은빛 무대에 흠뻑 취해 있을 때, 문득 데자뷔처럼 떠오
르는 순간이 있었다. 너무나도 익숙한 구호와 박수 소리, 붉은
함성이 내 귓가에 울려 퍼지는 듯했다. 2002년의 대한민국은
붉은빛 물결과 함성에 사로잡혀 있었고, 역동적이며 열정적이
었다. 우리가 맞춰 입은 붉은색 티셔츠보다 열정과 파이팅이
더 뜨거웠던 시절이었다. 그해의 붉은빛은 내 가슴에 아직도
새겨져 있다. 그때의 붉은 함성을 떠올리며 나의 열정을 되살

려서 내 삶을 뜨겁게 응원하고 싶다.

빨강은 색깔을 이야기할 때 제일 먼저 말하는 색깔이고, 어린 시절 가장 먼저 배우는 색깔 이름 중 하나이다. 사회적인 여건이나 개인적인 성향에 따라 빨간색에 대한 관심도가 다를 수 있지만 누구나 친밀함을 느끼는 색이다. 우리 삶의 많은 부분에서 빨간색을 익숙하게 접하는 것도 사실이다. 빨간색은 젊은 사람보다는 나이 든 사람들이 좋아한다고들 하는데, 아마도 빨간색이 지닌 긍정적인 속성, 즉 적극성, 외향성, 역동성에 대한 동경일 것이다. 최근에 내게 일어나는 빨간색에 대한 끌림도 자연스러운 일이다.

살다 보면 육체적 건강함이나 역동성은 희미해질 수 있지만 마음속에 품은 열정만큼은 간직한 채 에너지를 발산하며 살아가기를 기대한다. 이유 없이 마음이 가라앉고 기운이 빠지는 순간이 찾아오면 파이프 오르간의 레드빛 무대와 붉은 함성을 떠올릴 것이다.

5,000여 개의 파이프와 68가지의 음색을 구현하는 스톱이 어우러져 만들어내는 파이프 오르간의 변화무쌍한 선율처럼 나만의 파이프 오르간을 연주하는 삶을 살고 싶다. 내 삶의

연주자가 되어 건반을 힘차게 누르고 페달을 밟으며 레드빛
선율을 그리고자 한다.

보랏빛 향기

나의 유별난 블루 사랑

엄 혜 자

um Hye Ja

어려서부터 글 읽기를 좋아해서 활자
중독이라는 말을 들으면서 자랐다.
공동저서로 수필집『소중한 인연』『여자들의
여행 수다』『그대라서 좋다, 토닥토닥 함께』
『흄흄흄 부를 테니 들어줘』『우리, 그곳에
가면』『그들과 함께 꿈꾸다』 등이 있다.
문학비평으로는『문화사회와 언어의 욕망』
『시적 감동의 자기 체험화』 등이 있다.
문학박사이며 '책읽는 마을' 대표로서, 제자
양성에 힘쓰고 있다. 가장 행복한 시간은
제자들과 책을 읽는 일이다. 훌륭한 제자
양성을 인생 최고의 목표로 삼고 있다.

보랏빛 향기

　제가 가장 좋아하는 계절은 봄입니다. 이때 봄을 봄답게 하는 것은 바로 새싹이죠. 겨울의 혹독했던 세상을 비집고 나오는 새싹에 저는 찬탄의 말을 건네면서 바라봅니다. 그리고 가만히 속삭여봅니다. '봄에는 눈 감지 말아야겠다. 봄에는 세상사에 한눈팔지 말아야겠다. 그 사이에 새싹이 돋을까 봐. 그 사이에 꽃이 피고 질까 봐.'

　제가 한눈팔지 않고 귀 기울이면서 기다리는 대상은 종지나물꽃입니다. 이 꽃의 다른 이름은 '미국제비꽃'이지만 저는 '종지나물꽃'이란 이름이 참 좋습니다. '종지'는 밥상에 오르는 작은 그릇을 의미합니다. 종지나물의 잎은 하트의 오목한 모양을 하고 있습니다. 그 모습이 종지처럼 보여서 이런 예쁜 이

너의 삶에 긴 겨울만 있을 것 같아도
보랏빛 꽃을 환하게 피울 날이 있어.

름을 갖게 되었다고 하네요. 종지 뒤에 붙은 나물은 종지나물꽃의 순둥순둥한 성격을 보여주는 듯합니다. 생잎으로는 쌈을 싸 먹고 데쳐서 나물을 해도 맛있답니다. 꽃은 화전이나 샐러드에 제격이라고 하니까, 종지나물꽃은 버릴 게 없는 팔방미인이죠. 그렇다고 관상용으로도 뒤지지 않습니다. 종지나물의 보랏빛 꽃이 피어나는 곳이면, 종지나물꽃은 사진 속 주인공이 됩니다. 저도 봄이 되면 종지나물의 보랏빛 잔치를 보려고 여기저기 기웃거립니다.

단독주택의 마당 넓은 집에 살 때입니다. 어느 식당에 피어 있던 종지나물 꽃밭에 정신을 홀딱 빼앗겨버렸었죠. 그래서 한 포기 얻어와서 마당 화단에 심었지요. 몇 번의 봄을 맞으며 종지나물꽃은 보랏빛 군락을 이루었어요. 저는 보랏빛의 황홀한 자태에 혼을 쏙 빼앗겨서 한참을 바라보았답니다. 그때 환한 종지나물꽃과 반대되는 어두운 제자의 얼굴이 떠오르는 겁니다.

H는 고등학교 1학년 때 저와 만났습니다. 그녀를 소개해 준 분을 통해 H의 슬픈 가정사를 들을 수 있었어요. H는 부모

엄혜자 보랏빛 향기

모두 대학교수인 집에서 외동딸로 태어났습니다. 그러다 그녀가 중학교 2학년 때, 극심한 우울증을 앓던 엄마가 투신하여 돌아가셨다고 하네요. 부모가 모두 생존해도 힘들 중학교 2학년. 그녀는 온 세상이었던 엄마를 잃게 된 것이죠. 고등학생이 되자, H의 아버지는 정부에 발탁되어 청와대로 입성합니다. 딸을 위해 여러 번 고사했지만 대통령의 삼고초려가 있었다는 이야기를 들었습니다.

H를 만나 같이 공부한 지가 3개월이 지났지만 저는 그녀가 환하게 웃는 모습을 보지 못했습니다. 선물을 주고 재미있는 이야기를 해줘도 옅은 미소만 지었습니다. 그녀의 옅은 미소 뒤에 웅크리고 있는 어둠을 저는 볼 수 있었습니다.

종지나물꽃을 화분에 담았습니다. 저는 H에게 말합니다. "긴 겨울 동안, 종지나물이 살았는지 죽었는지 알 수 없었어. 그런데 이렇게 봄기운이 돌자마자 제일 먼저 새싹을 내밀고 가장 먼저 꽃피우더라. H도 마찬가지야. 너의 삶에 긴 겨울만 있을 것 같아도 보랏빛 꽃을 환하게 피울 날이 있어. 그걸 네가 스스로 만들어낸다면 그 꽃은 더 환할 거야. 이 종지나물은 꽃도 예쁘지만 생명력과 번식력이 대단하단다. 몇 년 전 심은

한 포기가 온 마당을 보랏빛으로 물들이니까."

꽃 화분 선물을 받은 H는 확실히 달라졌습니다. 자주 웃고 더 많이 말하고 성적도 많이 올랐습니다.

H가 고등학교 2학년이 되었을 때, 그녀는 베란다에 화단을 만들었다고 했습니다. 종지나물꽃 밭을 만들고 싶어서랍니다. 그녀는 저희 집에 넘쳐나는 종지나물꽃을 캐서 고이고이 품어 가곤 했습니다. 그리고 베란다의 종지나물꽃 밭 사진을 보여주기도 했습니다. 식물이 얼마나 순둥순둥한지 목말라 잎과 꽃이 처졌다가도 물 한 번 주면 바로 생생해진다고 했습니다. 회복 탄력성이 최고랍니다. 자신이 닮고 싶은 꽃이라고 하더군요.

고3 수능 날, H의 아버지가 해외 순방 중이어서 그녀가 의기소침해질까 걱정했습니다. 그러나 종지나물꽃의 회복 탄력성을 닮게 된 그녀는 씩씩했습니다. 그녀는 Y대학에 합격해서 저를 기쁘게 했습니다. 본인도 얼마나 기뻤겠어요. 딸기와 떡 선물을 들고 와서 환하게 웃던 H에게서 저는 보랏빛 종지나물꽃을 보았습니다.

"아버지가 꼭 인사 오시겠다고 했어요. 곧 아버지와 같이 올게요."

그런데 아버지는 오시지 않았고 지희 집 마당의 종지나물이 보랏빛 잔치를 벌이는 4월이 되었습니다. H가 찾아왔어요. 그녀는 Y대학생의 환한 얼굴이 아닌 어두웠던 과거의 얼굴로 회귀했더군요. 유난히 큰 눈에 눈물이 가득했습니다. "아버지가 폐암 말기래요. 잔여 수명이 일 년도 안 된다는데 어떡해요?" 그녀의 아버지는 자신에게 닥칠 운명도 모르고 모 대학교수와 혼인신고까지 했다고 하네요. 같이 포옹하고 울어주는 것 이외에 어떤 위로의 말도 찾기 어려웠어요.

그로부터 1년쯤 후에 H의 아버지는 세상을 뜨셨습니다. 장례식 후에 그녀를 만났어요. 그녀에게 새 가족이 생겼다고 하네요. 평생 결혼해본 적이 없어서 당연히 자녀도 없던 새어머니가 같이 살자고 한 것입니다. 아버지는 작은 오피스텔 하나만 남길 정도로 큰 재산이 없었다고 하네요. 다행히 새어머니가 H의 학비를 대주겠다고 했답니다. 저는 H의 아버지를 원망했던 마음이 있었어요. 남은 재산이 H가 아닌 새어머니께 가면 어떻게 하나라는 기우 때문이었어요. 하지만 아버지는 H에게 좋은 가족을 만들어주고 떠나셨던 겁니다. H의 아버지가 가시고, 친인척들도 총총히 떠났던 그때. 새어머니가 H의 손을 따뜻하게 잡아준 겁니다.

어느 날 저는 종지나물꽃 가득한 마당 넓은 집을 떠나야 했습니다. 새로운 집은 타운하우스 형태로 적게나마 마당이 있었지만 20년을 살던 집을 떠나서인지 허전했습니다. 이런 이야기를 H에게 했더니, 자기 집의 종지나물꽃을 선물로 가져왔습니다. "선생님, 이 꽃은 저의 삶이 허전할 때, 큰 위로가 되었어요. 선생님의 허전한 마음에도 위로가 되었으면 좋겠어요."라고 하더군요. H가 준 종지나물 몇 포기는 4년 만에 저희 집뿐만 아니라 이웃집 화단에서까지 보라색으로 피어났습니다. 이웃집에서는 꽃이 너무 예쁘다고 좋아하구요. 저는 보라색 꽃 잔치가 열리는 봄이 되면, 늘 H가 생각납니다. 'H야, 이 종지나물꽃처럼 너도 생명 강한 사람이 되어라. 이 보라색 꽃처럼 향기 나는 사람이 되어라.'

지금 H는 미국 유학 중입니다. 그녀가 미국에서 종지나물의 다른 이름인 미국제비꽃을 만났을지가 궁금해집니다. H

엄혜자 보랏빛 향기

에게, 한국에는 곧 종지나물꽃이 필 거라는 소식을 전해야겠네요. 그리고 종지나물꽃이 보랏빛 잔치를 벌이는 모습을 찍어서 보내야겠습니다. 제 소식에 H가 환한 보랏빛 웃음을 지었으면 좋겠습니다.

제 추억의 갈피 속에서 H는 늘 보랏빛으로 자리하고 있습니다.

나의 유별난 블루 사랑

2015년, 미얀마의 보석 시장은 휘황찬란했습니다. 유난히 블루를 좋아하는 제겐 블루사파이어 보석들이 펼치는 멋진 향연처럼 보였죠.

미얀마 여행은 아들의 제안으로 시작되었어요. 부모님의 결혼 30주년을 기념하는 커플 반지를 만들자면서요. 옷장 속에는 블루 색상의 옷이 가득하고, 집 대문을 블루로 칠해서 파란색 대문집을 만들 정도로 저는 블루를 좋아했어요. 그런 취향에 맞춰 블루사파이어 커플 반지를 하자는 아들 덕에 원석을 사러 미얀마까지 날아갔던 것이죠.

구약에는, 하느님께서 모세에게 주신 '십계명'이 사파이어판에 새겨져 있었다고 합니다. 오래전부터 사파이어는 악한 마음을 억제하고 정욕을 통제하는 돌로 여겨졌기 때문이겠죠. 세상에는 다양한 색의 사파이어가 있지만, 대표적인 것은 바로 블루사파이어죠. 가장 인기 있는 사파이어는 '수레국화 블루'라고 불리는 부드러운 파란색이라고 하네요, 미얀마 사파이어는 '로열 블루'라고 불리며 짙은 파란색 색조를 띠고 있습니다.

남편이 숙소와 차량 렌트를 찾고 여행계획을 짜느라 정신이 없는 동안, 제 머릿속은 온통 사파이어로 가득 차 있었어요. 이런 저를 보면 마치 보석 애호가처럼 보이겠죠? 하지만 사실 결혼식 때에도 다이아몬드를 거부한 적이 있을 만큼 저는 보석에 관심이 없답니다. 오히려 다이아몬드를 보면 〈피의 다이아몬드〉라는 다큐멘터리에서 반군이 저지르는 끔찍한 모습이 떠오르기까지 하죠. 그런 제가 블루사파이어가 어머어마하게 진열되어 있다는 미얀마 시장에 홀딱 반해버린 건 보석 자체보다는 저의 유별난 '블루' 사랑이 만들어낸 것입니다. 블루의 색상들이 만들어내는 잔치는 얼마나 아름답고 멋질까. 상상만으로도 기뻐서 미얀마 여행을 손꼽아 기다렸다니까요.

사실 미얀마는 금과 루비, 진주, 옥, 사파이어의 최대 생산국이라고 합니다. 특히 루비는 전 세계 생산량의 90프로 가까이 된다고 하네요. 만약 제가 붉은색을 좋아했다면 루비에 빠져들었을 것 같아요. 세계 최고 품질의 루비를 가장 저렴하게 살 수 있는 곳이 미얀마라고 하니까요. 그래도 온통 사파이어 생각만 나더라구요.

미얀마 수도 양곤에 '보족 아웅산 마켓'이라는 보석 시장이 있습니다. 마치 남대문시장처럼 대부분의 점포가 거리에 노출되어 있었습니다. 혹시 폐점 후에 누가 가져가지 않을까 걱정이 되었는데, 가이드에게 물어보니까 다 싸서 들고 퇴근한다고 하네요. 또 혹시나 가짜 보석이 없을까 걱정했는데, 미얀마의 보석은 국가 경제에 큰 영향을 주기 때문에 국가가 직접 관리하므로 가짜 보석이 없다고 합니다. 리어카 같은 가판대에서 파는 목걸이조차도 진짜 원석을 사용한 것이라네요. 1만 달러 이상의 고급 보석들을 가판대에서 판매하는 모습이 색다르고 인상 깊었습니다.

블루 사랑이 지독한 저를 위해 큰아들은 유명한 블루사파이어 상점을 찾아냈습니다. 미얀마로 가는 비행기에 놓여 있던 잡지에 마치 운명처럼 보석 특집기사가 있었고, 거기에 블

엄혜자 나의 유별난 블루 사랑

여러 방식의 커팅에 따라 사파이어들은 마치
블루의 무지개처럼 빛을 일렁이고 있었어요.

루사파이어를 전문으로 하는 유명한 가게가 소개되어 있더라구요. 아들이 찾아낸 그 상점에는 블루사파이어가 꽃처럼 피어 있었습니다. 다른 보석은 일절 없이 통칭 '로열사파이어'들이 마치 파란색의 잔치를 열듯 아름다움을 뽐내고 있더군요. 여러 방식의 커팅에 따라 사파이어들은 마치 블루의 무지개처럼 빛을 일렁이고 있었어요. 그것을 본 저는 인생의 첫 축제에 초대받은 소녀처럼 설레었답니다.

남편은 사파이어 목걸이부터 브로치까지 여러 장신구가 저에게 잘 어울린다며 추천했지요. 하지만 커플 반지를 만들자던 처음의 의도를 잊지 않고 고르고 골라 작은 원석 두 개만 선택했답니다. 다만 원석을 손에 들고 가게를 나서면서도 다른 사파이어들을 눈에 담으며 한참을 바라보았지요.

한국에 돌아온 뒤, 결혼기념일에 두 아들이 힘을 모아 그 원석들로 사파이어 반지를 만들어 왔더군요. 이윽고 이 반지는 우리 부부가 가장 애호하는 장신구가 되었습니다. 사실 장신구를 크게 좋아하지 않는 저희지만 이 반지만큼은 외식하거나 집안의 행사가 있을 때 기쁜 마음으로 착용하곤 한답니다. 화장을 하고 반지를 손에 끼우면 미얀마의 블루가 눈앞에 펼

엄혜자 나의 유별난 블루 사랑

쳐지는 느낌과 함께 기분이 좋아지거든요.

사실 저의 블루 사랑을 조금쯤 합리화할 수 있는 일화가 또 있답니다. 2018년, 가족과 함께 인도 여행을 간 적이 있지요. 인도는 주황빛의 색상으로 저를 맞이했습니다. 시바 신의 축제 기간이어서 인도 전역이 시바 신의 상징인 주황빛으로 덮여 있더군요. 거리의 휘장도 사람들의 옷도 온통 주황이었죠. 그에 맞춰 우리 가족도 주황색 인도 의류와 스카프를 구매했습니다. 여행지에서는 그 나라의 의복을 착용하는 게 우리 가족의 소소한 취미였지요. 그 나라의 전통 복장은 기후와 환경에 적합하여 편안하면서도 현지 사람들과 이질감 없이 섞여 들 수 있거든요.

주황색 가족이 뉴델리대학교 앞을 지나고 있을 때 가이드가 재미있는 제안을 했습니다. 뉴델리대학의 철학과 교수가 자기 친구인데 관상과 손금의 1인자라며, 혹시 만나볼 생각이 있냐는 겁니다. 여행 중의 재미있는 사건을 즐기는 우리 가족은 당연히 오케이를 외쳤지요. 꽃이 만발한 대학교 교정을 돌아다니는 파란 공작의 블루를 즐기며 잠시 기다리던 중, 철학과 교수님이 헐레벌떡 뛰어나왔답니다.

　찬찬히 제 손금을 살펴본 교수는 우선 교육업에 종사할 운명이라고 했습니다. 정답이었습니다. 무려 30년간 학생들을 가르쳐왔지요. 그리고 제 주황색 스카프를 보며, 진지한 얼굴로 주황은 길한 색상이 아니니 입지 말라고 권하더군요. 저에게 알맞은 옷 색은 블루이며, 혹시 보석을 살 일이 있다면 사파이어를 선택하라고 했습니다. 행운을 가져다줄 거라면서요.

　집에 두고 온 사파이어 반지가 떠올랐습니다. 제 인생의 많은 행운과 행복이 블루 덕분이었을까요? 제 손금에 이미 제가 좋아하는 색상과 좋아하는 보석까지 기록되어 있는 걸까요? 저의 지독한 블루 사랑을 알고 있던 가족들은 손뼉을 치며 '맞다 맞다'를 연발했답니다. 마지막으로 교수님은 제가 예술 분야의 새로운 직업을 갖게 된다고 예언했습니다.

　평생 교육업에 종사했고, 은퇴를 생각하고 있던 시기인지라 그 예언을 대수롭지 않게 생각했습니다. 역시 과거와 현재는 맞춰도 미래는 맞추기 어려운가 보다 했지요. 그런데 몇 년이 지나고 우연한 계기로 그림의 세계에 빠져들게 되었습니다. 인테리어용으로 구입한 블루 색상의 그림 몇 점으로 이익을 보게 되었어요. 그 후 새로운 그림을 다시 구매하고 전시하고 판매하기를 반복했지요. 그러다 보니 안목 있는 수집가로 입소문이 나게 되었구요. 나중에는 기업의 그림구매를 대행하게 되면서 '아트딜러'라는 새로운 직업을 갖게 되었답니다. 인도 여행에서 들었던 예언이 들어맞은 것입니다.

　글을 쓰다 잠시 쉬며 사무실에 전시된 그림을 올려다봅니다. 현관문을 열고 들어서면 김춘수 작가의 〈울트라마린〉이 보입니다. 가장 아름다운 블루를 탐구하며 캔버스를 채우는 그의 작품에는 짙푸른 푸른색이 마치 꽃처럼 펼쳐집니다. 거실 중앙에 있는 진영 작가의 작품도 눈에 들어옵니다. 아트 컬렉터의 첫걸음을 함께한 작품입니다. 이상향의 공간에서 귀여운 앵무새들이 겹겹의 푸른 나무 사이에서 뛰어놀고 있네요. 그 옆에는 채성필 작가의 〈물의 초상〉이 일렁이고 있습니다. 불규칙한 흐름을 만들어내는 근원적 블루에 때때로 마음을 빼앗깁니다. 블루 색상의 그림들은 제게 안정감과 행운을 가져다주지요.
　누군가는 블루 색상이 우울함을 상징한다며 기피하기도

합니다. 하지만 제게 블루는 행복과 행운을 상징하는 가장 즐거운 색이랍니다. 블루 색상이 저에게 행운을 준 걸까요? 아니면 행복한 제가 좋아하는 색이 블루인 걸까요? 잠깐의 상념 속에서 또다시 블루를 찬미하는 저의, 인터넷 공간에서의 이름은 바로 '인디언블루'랍니다.

튀니지안 블루를 찾아서

그 시절, 천연 염색

오영미
Oh Young Mi

서울 종로에서 태어나 냉동에서 청소년기를
보냈다. 소설을 쓰려고 황순원 선생님이
계시는 경희대에 진학했으나 장터
약장수의 아크로바틱 쇼나 무대예술에
대한 관심 때문에 희곡 공부를 시작했고
그것으로 석사, 박사를 마쳤다. 현재는
한국교통대학교 한국어문학과에서
희곡과 영화 시나리오, TV 드라마
쓰기를 가르치고, 한국 시나리오 작가에
대한 연구를 하고 있다. 희곡작품집으로
『탈마을의 신화』가 있고, 저서로는
『한국전후연극의 형성과 전개』『희곡의
이해와 감상』『문학과 만난 영화』『오영미의
영화 보기 좋은 날』 등이 있다.

튀니지안 블루를 찾아서

누군가 내게 무슨 색을 좋아하냐고 물어오면 나는 망설임 없이 '블루'라고 얘기한다. 그런 취향이 언제부터 생겼는지는 모르겠지만 블루라는 색감을 접했을 때 나는 언제나 설렘을 갖는다. 내 시선이 머무르는 곳과 내 발이 닿는 곳마다 다소의 결을 달리하면서 펼쳐지는 블루의 파노라마는 언제나 감탄사를 불러일으킨다. 세상의 반은 블루의 영역이다. 시각적으로 볼 때, 세상의 반은 하늘이고 반은 땅이다. 땅은 흙과 물로 이루어져 있고, 그중에 바다가 차지하는 영역을 크게 블루로 놓고 보면, 우리가 접하는 색의 세계에서 가장 많은 부분을 차지하는 게 블루가 아닐까. 그러나 블루는 우리가 고개를 한껏 들어올려야 볼 수 있고, 때로는 자연의 블루를 보기 위해 그것을 볼 수 있는 곳으로 가야 한다. 하늘과 바다가 모두 인간 중심에서는 먼 곳에 있는 것이다. 그래서 자연의 색인 것 같지만 어딘가 먼 곳의 풍경이기에 우리는 블루를 동경의 색으로 보는지도 모르겠다. 블루는 편안하지만 때로는 자극적이기도 하다. 배경에 놓여서 끝없는 면적감을 드러낼 때는 신비로우면서도, 다른 배경색에 포인트로 놓으면 시선을 강하게 끌어당기는 매력이 있다.

여러 나라를 여행하면서 색깔로 기억되는 장소를 기억하면, 블루는 대표적인 여행의 색깔이기도 하다. 그리스의 산토리니, 모로코의 쉐프샤우엔, 남미의 빙하, 튀니지의 시디 부 사이드. 이들 모두가 블루로 사람을 불러모으는 곳들이다. 이들 블루는 화이트와 어울리고, 강렬한 태양 빛에 당당히 자태를 드러내며 이국적인 풍광을 자아낸다. 대부분 바다 물빛과 어울려 싱그러운 여름의 색깔로 다가오지만, 내가 본 칠레의 빙하는 옅은 하늘색으로 겨울의 느낌을 보여주기도 한다.

여행에 많이 매료되어 살아가는 삶이지만 나는 색을 찾아 여행을 해본 경험은 없다. 그런데 마침 이탈리아 로마에 6개월간 체류할 기회가 생겨서 가장 먼저 세운 계획이 튀니지를 여행하는 것이었다. 로마에서 비행기로 불과 한 시간이면 튀니지에 도착할 수 있기 때문이었다. 내가 튀니지를 여행하게 된 것은 순전히 블루를 찾는 여정이었고, 그래서 튀니지의 어느 곳보다 시디 부 사이드(Sidi Bou Said)를 보고 싶은 갈망이 컸다. 마그레브 3국 중에서 알제리를 제외하면 관광하기에 어렵지 않을 것으로 보였는데, 그래도 아프리카에 여자 혼자서 여행하는 일이 편하지만은 않았다. 마침 친구의 도움을 받아 이탈리아 여행 에이전시를 알게 되었고, 튀니지인 가이드의 도움을 받을 수 있었다. 덕분에 사하라 사막과 알제리 국경까지 구경할 수 있었고, 튀니지 전역의 블루를 경험해볼 수 있었다.

처음 도착한 수도 튀니스에서 기대 이상의 모자이크 유산을 접하면서 감탄을 했는데, 이들 모두가 로마의 유산이어서 아프리카적인 것을 기대했던 내게는 다소 의외의 풍경이었다. 지금도 그들은 지리적으로 인접해 있는 이탈리아를 동경하거나 이주를 꿈꾸면서, 이탈리아를 통해 문화적 영향을 많이 받고 있는 것으로 보였다. 사실 튀니지 여행의 내 속내는 시디 부 사이드의 블루에 가 있었기 때문에, 나는 그들의 로마 편향적인 모습을 담담하게 지켜보고 오로지 사진에 담는 일에만

오영미 튀니지안 블루를 찾아서

열중할 뿐이었다.

그런데 여행이 시작될 즈음 나는 가이드한테 시디 부 사이드에 대한 내 계획을 얘기했고, 가장 기대하는 곳이라는 설명도 했었다. 튀니스에서 시디 부 사이드까지는 불과 한 시간도 되지 않는 가까운 거리였다. 튀니스 여행 중에 잠깐 졸고 있는 사이 어느 도시에 도착했는데, 석양이 지면서 어둑어둑해지고 있었고, 튀니스의 어느 관광지려니 생각하고 차에서 내리고 보니, 이곳이 시디 부 사이드라고 하는 것이다. 잠깐 머무르다가 돌아간다는 것도 알게 되었다. 갑자기 긴장감이 몰려왔다. 밝은 대낮에 나는 이곳을 사진에 담기도 해야 했고, 며칠은 머물면서 블루를 실감 나게 체험해볼 계획이었는데 이것이 무슨 상황인지 당황스러웠다. 의도치 않게 시디 부 사이드의 밤 골목만 산책하다 돌아 나오게 되었으니 말이다. 어쩔 수 없이 가이드에게 요청해 다시 블루에 대한 내 목적을 설명하고 여행 루트를 다시 짜도록 요청했다. 아마도 튀니지인들에게 그들의 땅은 너무나 많은 로마의 유적이 더욱 자랑거리였고 볼거리였던 모양이다. 여행 후반부에 다행히 다시 시디 부 사이드를 들러 나는 이틀을 더 머물 수 있었다.

튀니지 전역을 돌아보고 나니 내가 찾았던 블루는 시디 부 사이드뿐만 아니라 튀니지 전역의 대문 색깔에서 흔하게 자리하고 있었다. 튀니지가 아프리카 국가이기는 하지만 지중해나 에게해를 접하고 있는 나라들의 풍경과 유사한 것은 바로 이 블루와 화이트, 그리고 강렬한 태양이 어우러진, 그들의 '컬러 사랑'으로 보였다. 프랑스 식민 시기와 인근의 이탈리아로부터 받은 유럽의 문화, 그리고 아랍의 문화 등이 섞인 독특한 아프리카 풍경, 그리고 색의 향연을 통하여 시각을 자극하는 이 특별함이 그곳에 있었다. 이것은 비단 튀니지만의 풍경은 아니어서, 인접한 모로코도 마찬가지이다. 지중해권이라는 지리적 여건이 빚어내는 북아프리카의 공통된 풍경인 것이다.

시디 부 사이드의 블루는, 블루의 대표적 도시인 산토리니와는 같으면서도 다른 느낌이 있었다. 바다와 태양, 블루와 화이트가 어우러지는 해안가 마을을 배경으로 펼쳐지는 색깔의 향연은 유사했지만, 산토리니가 인위적으로 정돈된 느낌이 강한 반면, 시디 부 사이드는 튀니지인들의 생활이 자연 발광된 느낌이었다. 예를 들면 산토리니는 노을 명소와 그곳에서 프로포즈 하기 같은 스토리텔링을 개발해놓았다. 섬의 특

오영미 튀니지안 블루를 찾아서

아름다운 나라 튀니지에서 블루가 주는 감성의 향연은
오랫동안 잊혀지지 않을 것이다.

성상 그곳에 가기까지 배를 타고 바라보는 바다와 섬들의 풍
경을 미리 눈으로 감상하는 여행의 코스라는 것도 있어서 그
여정이 영향을 미치는 듯도 하다. 그래서 늘 발 디딜 틈도 없
이 관광객들이 전 세계에서 몰려든다. 이에 반해 시디 부 사이
드는 수도인 튀니스에서 멀지 않은 해안가 마을이다. 그곳에
거주하는 사람들과 그들의 전통적인 색인 블루를 주로 대문의
색깔로 칠하면서 형성된 색깔 마을로 관광보다는 휴식하기에
좋은 환경을 준다. 시디 부 사이드의 관광 명소 중에 대표적인
것이 유명인들이 드나들던 카페 데 나트(Cafe des Nattes)인 것
을 보면 알 수 있다. 이 카페는 유명세에 비해 시디 부 사이드
적인 특별함은 없고, 아랍 분화석 고색(古色)이 오히려 강했다.
내 시각에서 보면 블루를 내세우지 않았다는 의미이다.

　　우리는 튀니지의 블루를 튀니지안 블루라고 한다. 색의
스펙트럼에서 산토리니의 블루와 유사한 위치에 있다. 그러나
튀니지는 화가를 비롯한 유명인들이 아프리카의 관문처럼 여
기며 이곳을 찾아 그들의 흔적을 남겼고, 특히 시디 부 사이드
에서 두드러지는 블루를 보며 그들은 튀니지안 블루라고 불렀
다. 역사상 한니발의 카르타고로 유명한 튀니지는 전쟁의 역

오영미　튀니지안 블루를 찾아서

사가 길고 식민의 역사도 길다. 아프리카 땅이기는 하지만 외부 침략의 역사가 길어 지리적으로 인접한 유럽의 문화적 영향을 더 많이 받았으며, 전통적으로 이슬람 문화권이기도 한 독특한 나라이다. 해안선이 긴 나라의 특성상 인접한 바다의 색을 받아들여 주거 문화에 적용한 아름다운 나라 튀니지에서 블루가 주는 감성의 향연은 오랫동안 잊혀지지 않을 것이다. 전 국토에 걸쳐 펼쳐지는 블루의 문(門)들은 마치 국토를 모자이크 예술로 만드는 마법처럼 느껴진다.

그 시절, 천연 염색

젊은 시절, 전원에 살고 싶다는 꿈이 있었다. 직장 문제로 서울 생활을 정리하고 지방으로 내려가야 했던 시기에 나는 그 꿈을 실현할 수 있었다. 산 밑 시골 마을에 작은 땅을 사 직접 집을 지었고, 그곳에서 10년 가까이 살았다. 그 시기에 손으로 하는 작업에 늘 관심이 많았던 나는 시골 생활에서 누릴 수 있는 온갖 취미 활동에 매료돼 있었다. 그중의 하나가 천연 염색이었다.

디자인과의 선배 교수 소개로 인근의 염색 공방을 가게 됐고, 그곳에서 세무사 일을 하며 염색 작업을 하시던 선생님을 만났다. 일종의 염색 수업을 하게 된 것인데, 거기서 천연의 재료와 매염제가 만나서 나오는 색은 대부분 경험하게 되

오영미 그 시절, 천연 염색

었고, 직접 염색한 직물로 옷이나 스카프, 가방 등의 완성품을 만들어 전시하기도 했다. 굳이 무엇을 만들지 않아도 염색된 직물 자체만으로도 그것은 하나의 작품이 되었다.

천연의 색이 빚어내는 시각적 감흥은 황홀하기 이를 데 없었다. 화학 염색이 명징한 경계로 발색의 세계를 보여준다면, 천연 염색은 서로의 경계가 겹치는 듯도 하나 분명히 자체의 색을 지닌 색의 스펙트럼으로 보면 '중성의 예술'이라고 표현할 수 있겠다.

모든 염색 작업은 경험치로 쌓여진 대강, 혹은 추정으로 색을 내고자 한다. 그도 그럴 것이 발색에 영향을 미치는 조건은 너무나 다양해서 과학적인 근거를 갖기가 매우 어려운 것이다. 세상에 같은 물이 있는 것도 아니고, 자연에서 같은 성분의 재료를 얻는 것도 아니고, 염색 작업을 하는 현장에서의 조건도 같을 수는 없는 것이어서, 동일한 색을 재현한다는 것이 불가능한 것이 천연 염색이다. 그것을 매력으로 보면 매력이 되겠고, 어려움이라면 또한 어려움이 되겠다. 그래서 염색을 하는 사람들의 방법이라는 것이 결국은 그들의 경험치를 기록한 것이고, 과학적 수치에 근거한 것은 아니라고 볼 수 있다. 아마도 그것은 앞으로도 불가능할 것이고, 단지 유사한 근거만 제공되는 것이라고 볼 수 있다.

우리가 접하는 자연 어디에 이런 색들이 숨어 있었나를 생각하면 경이롭기 이를 데 없는 일이었다. 그러나 같은 녹음의 색이라고 해도 계절마다 다른 색으로 다가오거나, 붉은 노을의 색도 하루하루가 같지는 않다. 그러니 자연은 우리가 놓치고 있을 뿐이지 일 년이면 365개의 색깔을 우리에게 보여주고 있는 것이다. 아니 그보다 훨씬 많다고 보는 게 정확하겠다. 하루에도 아침의 색깔과 저녁의 색깔은 다르지 않은가.

천연 염색 작업은 시각적 즐거움만큼 육체적 노동이 필수적이다. 자그마한 손수건 크기를 쪼물거리며 만들 수도 있지만 직물 원단을 염물에 담가서 공기와 닿지 않게끔 계속 주물럭거려야 한다. 그리고 수세를 하고 매염제를 탄 물에서 다시 주물럭거리는 작업을 하고 수세한 후 1차 건조에 들어간다. 이러한 과정을 최소 세 차례 거친 후에 마지막 건조가 끝나면 완성했다고 여겨진다. 그래서 염색 직물을 얻기 위해서는 하나의 색을 위하여 하루가 꼬박 소비된다고 보아야 한다. 그 시절 염색 수업도 한 가지 색을 얻기 위하여, 아침에 공방에 도착,

126 127

오영미 그 시절, 천연 염색

그 시절 천연 염색에 매료되어 나는 세상을 온통 색으로 바라보고,
그렇게 색과 함께 인생을 설계하고 싶었다.

점심을 머고 오후까지가 하루 수업의 코스였다.

물론 염색을 시작하기 위해서는 염색물을 만들기 위해 재료를 물에 삶고 염액을 얻는 과정이 전제되어야 한다. 더욱이 쪽 염색은 쪽을 심는 작업부터 염물을 얻기까지 농사꾼의 여정을 거쳐야 비로소 염색할 준비가 되기도 한다. 그래서 쪽 염색은 매우 전문적인 영역이다. 내게 있어 쪽 염색 체험은 염색 선생님의 노고에 숟가락 하나 얹는 과정이었다고 할 수 있다. 작년에 춘천 지역에서 명주 6마 정도를 쪽 염색 할 기회가 있었다. 한여름 더위가 가시기 전 염색 선생님의 비닐하우스 작업장에서 한나절을 보낸 나는 거의 탈진 지경이었다. 그러나 염색 선생님은 매년 쪽 농사에서 염액 발효까지 고단한 과정을 평생 반복하고 계신 걸 보고 고개가 숙여질 수밖에 없었다.

전원 생활에 대한 동경으로 시골에 집을 짓고 살던 당시 나는 대학에서 선생을 하고 있었다. 직장 생활을 하면서 여유 시간에 취미로 시작한 천연 염색에 매료되어 한동안 대학을 그만두고 염색을 업으로 하고 싶다는 생각에 골몰했었다. 당시 귀향한 인사들이 시골에서 된장 사업을 하며 살아가는 모습이 유행이기도 하던 시절이라 나는 그렇게 천연 염색과 된

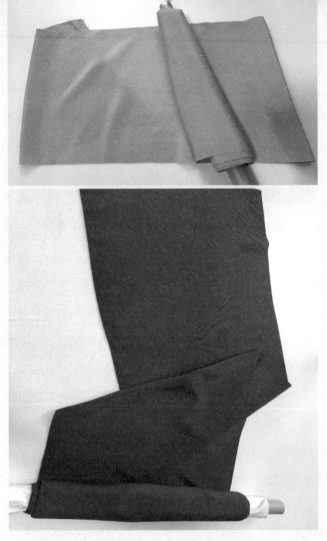

나의 인생이 무슨 색일까를 생각해본다. 색에 매료되어 인생을 바꾸어볼
생각도 했으니 적어도 한 가지 색은 아닌 듯하다.

장 만들기나 하면서 여생을 보내면 좋겠다는 욕심을 부렸다. 내가 이런 의사를 털어놓았을 때, 예상대로 주변의 만류가 심했다. 월급 주는 좋은 직장 마다하고, 그럴 만한 일인가 다들 다시 생각해보라는 것이었다. 결국 나는 염색을 업으로 삼지는 못했지만, 그런 고민으로 한세월을 보냈다는 것으로 신비로운 색의 세계에 내가 얼마나 매료되어 있었나를 알 수 있다.

웃으며 돌아볼 수 있는 지난날에 색의 향연이 있었다. 그 시절 나는 세상을 온통 색으로 바라보고, 색과 함께 인생을 설계하고 싶었다. 비록 나는 선택하지 못한 인생이지만 내 주변에는 색을 찾아 멋진 인생을 사는 지인들이 많이 있다. 그들의 삶이 늘 부럽고, 그립고, 위대해 보인다.

가끔은 나의 인생이 무슨 색일까를 생각해본다. 색에 매료되어 인생을 바꾸어볼 생각도 했으니 적어도 한 가지 색은 아닌 듯하다. 모든 자연적인 것들에 숨어 있다가 세상에 나와서 매염제와 만나면 자신의 색을 다채롭게 드러내는 천연의 물성, 명징하지는 않으나 누군가와 섞여 자신의 정체성을 잊어버리지도 않고, 빛에 바래면 다시 덧입혀져 시간을 거스를 수 있는 것들. 그렇게 인생을 천연 염색처럼 살아봄직도 하다.

　　　　　　　　　　오영미　그 시절, 천연 염색

봄꽃 색깔 아이들

남이섬의 별들

이 신 자
Lee Shin Ja

서울 연희동에서 태어났다. 가천내학교
대학원에서 국어교육학을 전공하였고 현재
초등학교에서 논술과 글쓰기를 가르치고
있다. 2012년 계간지 『서시』에 소설을
발표하였다.

봄꽃 색깔 아이들

봄꽃을 닮은 아이들의 색깔은 다채롭고 개성이 있다. 개나리의 노란색처럼 선명한 아이, 벚꽃의 아늑하고 세련된 색을 지닌 아이, 진달래를 닮아 곱고 밝은 아이, 철쭉처럼 화려한 아이, 목련의 수줍고 단아한 색을 지닌 아이들이 있다. 하지만, 단연 아이들이 가장 닮은 봄꽃은 개나리라고 볼 수 있다. 개나리는 가장 먼저 그 노란색을 드러내며 봄을 알린다. 귀여운 존재감으로 만물의 소생을 알리며 온 천지에 깔려 있던 생명력을 자랑한다. 개나리를 닮은 아이들의 옷은 상큼하고 귀엽다. 아이들은 엄마가, 또는 친지들이 입학기념으로 마련해준 곱고 화려한 새 옷을 입고 학교에 온다. 병아리 같은 아이들은 학교의 꽃이 된다.

단연 아이들이 가장 닮은 봄꽃은 개나리라고 볼 수 있다.
개나리는 가장 먼저 그 노란색을 드러내며 봄을 알린다.

아이들의 옷은 유행을 타고 머리 모양도 신발도 비슷비슷한 유형이지만 개개인의 색깔은 확연하게 다르다. 십 분만 함께 있어도 금세 드러난다. 아이들은 설레는 몸짓과 목소리로 자기소개를 한다. 난생처음으로 이십여 명 앞에 나와서 자신을 소개하는 순간이었다. 아이들의 표정은 상기되었고 떨리는 목소리였지만 일부 담대한 아이들은 명료하고 큰 목소리로 자신을 밝혔다.

불과 오 년 전만 해도 아이들의 꿈은 일률적이었다. 과학자, 의사, 선생님, 화가, 변호사, 판사 등 내가 갖고 싶은 직업이라기보다 부모님의 희망 사항에 가까워 보였다. 내 장래희망은 어디 가고 부모의 장래희망이 나오고 있었던 것이다. 나는 아이들에게 장래희망을 많은 사람 앞에서 얘기하면 이루어질 가능성이 많으니 솔직하고 담대하게 발표하라고 하지만 아직도 장래희망이 없는 아이들도 있다. 어쩌면 그것이 더 솔직한 모습일지도 모른다. 세상을 팔 년이나 구 년밖에 살지 않은 아이들의 머릿속에 미래의 내가 그려지겠는가. 그냥, 지금 바라보는 세상 자체로도 새롭고 신기하고 익혀야 할 것들로 머리가 꽉 차 있는데 말이다.

이신자 봄꽃 색깔 아이들

그랬던 아이들이었지만, 근래 들어 놀라운 사실 하나를 발견할 수 있다. 아이들의 장래희망이 봄꽃 색깔처럼 뚜렷해졌고 그 색깔이 확연해지고 있는 것이다. 낚시꾼, 어부, 유튜버, 작곡가, 요리사, 연예인, 회사원 등 아이들이 꿈꾸는 장래희망은 매우 구체적이고 솔직하고 소박해졌다. 그것은 아이들의 의지와 생각이 많이 들어갔다는 것이다. 어느 날 아버지를 따라 낚시를 갔다가 혹은 바닷가를 갔다가 물고기를 잡는 어부의 모습이 멋져 보였을 수도 있고 낚시를 하다가 월척을 낚은 경험이 즐거웠을 수도 있다. 유튜버를 보며 자발적으로 콘텐츠를 이끌어가는 모습이 매력적이었을 수도 있고 노래를 부르다가 노래를 만들 수도 있다는 것을 알아냈을 수 있다. 맛있는 요리를 해서 사랑하는 부모님께 대접해드리고 싶다는 소박한 꿈도 귀엽고 기특한 현상이다. 어쨌거나 아이들의 장래희망은 매우 주체적이고 세밀하고 소박해졌다는 점에서 부모의 의견이 개입되지 않았다는 것을 알 수 있었다. 아이들의 색깔은 점차 분명하고 다채로워지고 있었다.

　　개나리처럼 선명한 노란색을 띤 신입생들을 보면서 나의

1학년 시절을 회상해본다. 한글도 미처 못 떼고 입학했던 나는 첫 받아쓰기 시간에 운 좋게 짝꿍이 된 반장의 답을 모조리 베껴 써 백 점을 맞았지만 그 후 오십 점, 칠십 점 대를 오르내렸고 열병에 빠진 어느 날은 몽롱한 상태로 시험을 보았다가 빵점을 맞은 적도 있었다. 내가 한글을 완벽하게 익힌 시기는 2학년 말이었다. 한글을 완벽하게 익히자 소위 활자 중독에 빠져 차를 타고 가다 지나치는 간판을 일일이 읽기도 했고 친구 집에 있던 전집 세트를 모조리 독파했던 추억도 있다. 당시 1, 2학년은 전 교과 과정이 4교시로 끝났고 오전반, 오후반으로 나뉘어 등교했다. 한 반에 육십 명 가까이 수용이 될 정도로 학생은 많았고 학교는 적었던 것이 오전반, 오후반을 양산하게 된 것이다. 지역이 서울이었음에도 학교는 시골처럼 물 건너, 산 너머에 있었다.

요즘은 '초품아'라고 해서 초등학교를 끼고 있는 아파트 단지가 큰 인기를 차지하고 집과 불과 백 발자국도 안 되는 학교들이 지천이지만, 당시는 학교에 가려면 최소 한 시간은 여유를 두고 집을 나서야 했다. 어린 걸음으로 징검다리 개천을 건너다가 간혹 빠져 종일 물 젖은 양말로 공부를 하기도 했고

이신자 봄꽃 색깔 아이들

횡단보도도 설치되지 않은 찻길을 다섯 번이나 건넌 후 산 중턱에 있는 학교를 다리 아프게 올라야 도착할 수 있었다. 현재 모교는 주변이 거의 아파트 숲으로 둘러싸여 완벽한 도심지로 변모했다. 그때만 해도 산 중턱에 학교만 달랑 있었고 학교 아래로 민가가 형성되어 있었지만, 많지는 않았다. 우리는 방과 후 귀갓길에 산에 떨어진 불온전단을 주우며 집에 가기도 했다.

당시 우리들의 꿈이야말로 천편일률적이었다. 대통령, 선생님, 간호사, 경찰관이 가장 많았고 간혹 과학자, 군인, 의사가 있었다. 중년이 된 지금 어릴 적 꿈을 이룬 그들은 별로 없을 것이다. 하지만 어릴 적 크게 가진 꿈은 분명 삶의 토양이 되었을 것으로 생각한다. 그것은 분명하게 알기 때문에 아이들의 부모는 큰 꿈을 강조했던 것은 아니었을까.

천편일률적인 꿈처럼 학교는 천편일률적인 학생이 되길 바랐던 것은 사실이었다. 학교에 가면 저마다의 색깔을 내어서는 안 되었다. 몇몇 일부 임원 학생만 빼고 나머지 아이들은 한 덩어리여야 했다. 그 때문에 학급의 구성원은 반장, 부반장, 각부서 부장 외에 나머지는 단순 학생이었다. 일 년 동안 담임 선생님께 이름 한 번 안 불리고 학년에 올라가는 학생들이 수두룩했다. 어릴 때는 그 현상이 순전히 담임의 자질과 인격 문제라고 여겼지만, 나이가 들고 오랫동안 아이들을 대하면서 이해는 할 수 있게 되었다. 담임 일인이 관리해야 하는 학생들이 육십여 명에 달했으니 그 피로도는 엄청났을 것이란 생각이 든다. 그래도 일 년 동안 내가 맡은 학생의 이름을 단한 번도 불러주지 않았다는 것은 배려와 성의는 물론 자질에 현격한 문제가 있었던 것은 분명하다. 나 또한 단 한 번도 이름이 불리지 않은 대열에 꼈었다. 때문에 나는 학교에 가면 색깔 없는 아이가 되어 있었다. 아무리 집안에선 늦둥이, 막둥이로 부모님의 사랑을 받으며 찧고 까불다가도 학교에 가면 선생님 눈 밖에 벗어나지 않는 순응적인 학생이 되기 위해 안간힘을 써야 했다. 왜냐면 그때 선생님들은 정말 무서웠기 때문이었다.

선생님이 무섭기만 했고 몇몇 임원들 외에 나머지 아이들은 하나의 색깔과 행동으로 통일되어야만 했던 초등학교 시절에 6학년 담임 선생님을 만나지 못했다면 나는 아마 초등학교 시절을 암울한 무채색으로만 기억했을 것이다. 1학년부터

5학년까지 담임 선생님들의 이름과 특징과 얼굴이 잘 기억나지 않지만 6학년 담임 선생님의 성함은 물론 헤어 스타일과 목소리, 옷차림과 구두까지 또렷하게 기억하는 것을 보면 선생님이 내게 그러했듯 나 또한 그에게 뚜렷한 색깔을 부여한 것이 분명하다. 6학년 담임 선생님은 우릴 처음 만난 날, 1번부터 55번까지 일일이 출석을 부른 후 낮게 한숨을 쉬셨다. 뒤이어 선생님은 낮게 읊조리셨다.

"아휴, 이 이름을 언제 다 외운담……."

당시에는 선생님의 말뜻을 잘 이해하지 못했다. 1학년부터 5학년까지는 담임이 단 한 번도 이름을 불러주지 않는 학생들이 이름을 불러준 학생들보다 더 많았던 시기였기 때문에 담임이 반 아이들의 이름을 다 외워주는 일은 생소한 일이었다. 하지만, 6학년 선생님은 한 달도 안 되어 우리 이름을 다 외우고 아이들의 얼굴을 하나하나 기억하고 다정한 목소리로 불러주었다.

그렇다고 선생님이 마냥, 다정하고 순하고 자비로운 모습만 보여주시는 것은 아니었다. 선생님은 잘난 체, 있는 체하고 숙제를 안 해 오고 지각하고 길바닥에 쓰레기 버리는 아이, 거

짓말하는 아이를 엄격하게 훈육했다. 반면, 아무리 개구쟁이여도 크게 혼내지 않았고 집안이 빈한하여 잘 씻지 못하는 아이를 알아보았으며 수줍고 내성적인 아이들에게 발표의 기회를 많이 주었다. 그는 인간적인 모습도 많이 보였는데 개인 사생활인 집안 가족들의 소소한 에피소드를 우리들에게 거리낌 없이 말해주었다. 어른이 된 지금에야 회상해볼 때 당시 선생님은 여자로서 결코 행복한 삶이 아니었음에도 우리들에게 웃음을 자아낼 만큼 유머 있고 쾌활하게 상황을 전달했던 것을 보면 세상사를 긍정적이고 유쾌하게 대하는 분이었다는 판단이 든다. 그는 일 년 동안 네다섯 벌의 정장과 두 켤레의 구두를 번갈아 착용할 정도로 검소한 여성이었다. 차림새는 검소했지만 말투나 행동, 인상 등 외면에서 기품이 드러났다. 그러나 그의 스승다움은 우리 반 아이들의 색깔을 일일이 다 파악하고 있다는 점에서 빛이 났다. 그는 정돈되고 고른 필체로 아이들의 장점과 단점 그리고 소질을 명확하게 파악하여 일기장에 써주었다. 막연하게 생각했던 나의 장점과 소질을 선생님이 글귀로 인정해준다는 것은 매우 중요한 일이었다. 어떤 아이들은 그것을 예사로 지나칠 수도 있겠지만 어떤 아이에겐

　　　　　　　　이신자　봄꽃 색깔 아이들

그것이 인생의 큰 나침반이 될 수도 있기 때문이다. 내가 만약 6학년의 담임을 만나지 못했다면 나는 졸업할 때까지 색깔 없는 무채색의 학생이었을 것이고 학교란 학생에게 천편일률적이고 획일적인 교육 방식만 고수할 뿐 개성 있고 창의적인 학생을 양산하는 곳이 아니라는 고정관념을 갖게 되었을 것이 분명했다.

　　지금의 아이들이 봄꽃처럼 선명하고 생동감 있고 모두에게 기쁨과 설렘을 지닌 색채를 지니고 있다는 것은 참으로 소중하고 바람직한 현상이다. 그런 색깔을 더욱 선명하고 빛나게 해줄 수 있는 것은 교육의 몫이라고 할 수 있다.

　　현재는 저출산과 인구 감소, 늘어난 개교로 인하여 한 반의 인원이 이십여 명으로 줄었다. 담임은 보름도 안 되어 아이들의 이름을 다 외우고 아이들의 특징과 색깔을 파악한다. 아무리 제자지만 아이들의 머리를 쓰다듬어서는 안 되고 안아주어도 안 되고 체벌을 해선 절대 안 되고 폭언을 하거나 소리를 질러서도 안 된다. 때문에 아이들은 상냥한 선생님의 목소리와 칭찬, 격려 속에서 자란다. 그로 인해, 아이들의 색깔이 봄꽃을 닮아 더욱 어여뻐질 것은 분명하다. 하지만 간과하고 있는 것 또한 있다. 아이들의 색깔을 분명하게 하는 것은 진정한 사랑이다. 선생님들이 아이들을 진정 사랑할 수 있는 것은 상냥한 목소리로 하는 칭찬만은 아니다. 때론 훈육과 꾸짖음도 필요할 텐데 작금의 현실은 칭찬과 독려와 보살핌만 원하기 때문에 아이들의 색깔은 한쪽으로만 짙어질까 우려스러울 따름이다. 내 우려가 부디 기우(杞憂)이길 바랄 뿐이다.

남이섬의 별들

남이섬엔 사람이 많았다.

월요일이었지만 남이섬엔 인파가 많았다. 오리배, 뗏목을 타는 연인들, 가족 나들이, 아기들의 웃음소리가 작은 섬을 가득 메웠다.

우리는 낡고 소박한 민박집에 여장을 풀었다. 누군가는 밥을 하고 누군가는 청소를 하고 누군가는 일행들의 사진을 찍고 누군가는 꾀를 부리며 물 구경을 갔다. 물 구경을 간 아이들이 던진 돌이 잔잔한 북한강에 파문을 일으켰고 까르르 터트리는 맑은 웃음소리가 청량한 공기 속에 섞여들었다. 아이들은 이제 1학년이었지만, 나이는 전부 같지 않았다. 일 년, 이 년을 꿇고 들어온 아이들이 정시 입학한 아이들보다 더 많앉다. 동기였지만, 어린 축들은 누나, 형이라고 깍듯하게 불러주었다.

선배도 후배도 없는 1학년이었다. 정원 사십 명 중 이십오 명 정도 되는 인원들만 참여한 엠티였다. 군대 간 남학생들, 여자친구가 아이를 낳아 가정을 꾸린 아이, 아르바이트를 간 아이, 휴학한 아이들이 불참한 것 치곤 제법 되는 인원이었다. 이십여 명 아이들의 에너지와 떠들썩한 소리는 남이섬을 꽉 채우고도 남았다. 점심을 지어 먹고 발야구를 개시했지만, 1번 타자 남자아이의 발힘이 너무 강해서 공이 터져버렸다. 1회 만에 발야구는 무산되었지만 터져버린 공을 보고 터져버린 아이들의 웃음보는 그칠 줄 몰랐다. 우리는 발야구를 포기하고 물 구경을 갔다. 강가에서 물수제비뜨기 경쟁을 하던 우리는 삼삼오오 짝을 지어 나룻배를 탔다. 여자친구들과 제법 나룻배를 타봤던 남자아이는 능숙하게 배를 몰았지만, 처음 노를 저어본 아이는 빙글빙글 그 자리에서 맴돌 뿐이었다. 남자아이의 얼굴은 빨개지고 붉은 그림자는 귀까지 퍼졌다. 앞에 앉은 여자아이는 다행히 웃거나 놀리지 않고 당황한 남자아이가 중심을 잡을 때까지 인내력 있게 기다려주었다. 너무 쪽

이신자 남이섬의 별들

팔렸지만 안간힘을 주고 십 분 정도 헤매니 이내 요령을 터득할 수 있었다. 이럴 줄 알았으면 혼자 배를 좀 몰아볼 걸 그랬다고 남자아이는 자책했다. 짝이 없는 아이, 짝이 있는 아이도 있었지만 다들 제 짝과 뗏목을 탄 것은 아니었다. 아이들은 마치 불륜을 저지르는 중년 남녀들처럼 배를 빌린 한 시간 내내 긴장과 설렘으로 시간을 보냈다.

날이 어두워지기 무섭게 인파는 썰물처럼 빠져나갔다. 평일임에도 남이섬을 가득 메웠던 가족과 연인, 젊은이들이 한꺼번에 빠져나가면서 남이섬엔 적막한 기운만 남아돌았다. 이십여 명의 아이들이 던지는 말이 캄캄한 남이섬의 적막을 깨트려주었다. 아이들이 지은 밥과 찌개, 고기 굽는 냄새가 섬 곳곳에 퍼지며 야생 동물들의 촉각과 후각을 자극했다. 식후 남자아이들은 모닥불을 피웠다. 비 맞은 강아지들처럼 저마다들 불 앞으로 모여들었다. 하지만, 일부 여학생들은 방 안에 앉아 나오지 않았다. 몸이 약한 여학생이 장거리 외출에 탈이 났기 때문이었다. 불 앞에 둘러앉은 아이들은 누군가 치는 서툰 통기타에 맞추어 노래를 했다. 노래를 부르다가 삼삼오오 재잘대다가 아이들은 어느새 말없이 타는 불빛만 멍하니 바라보았다. 불현듯 세 남녀의 다툼 소리가 들렸다. 엄밀하게 말하면 두 남녀의 다툼 소리였지만, 삼각관계였기 때문에 침묵한 아이의 마음 소리까지 합하면 세 남녀의 다툼이었다.

"네가 뱃삯이나 대주고 하는 소리야?"

여자아이의 새된 소리에 열불 내던 남자아이의 말소리가 웅얼대는 소리로 바뀌어 무슨 말인지 알아들을 수 없었다. 뒤이은 아이들의 왁자한 웃음소리에 남자아이의 말소리는 더욱 묻혀버렸다. 사건의 발단은 남자 A가 평소 공력을 들였던 여자아이와 함께 나룻배를 탔던 남자 B를 질타한 것이었고, 남자친구도 있던 데다 남자 A에게 그닥 마음이 없었던 여자아이가 남자 B의 역성을 들면서 다툼이 시작된 것이었다. 공교롭게도 남자 A와 남자 B는 같은 고등학교 선후배지간이었고 남자 A가 선배였다. 선배가 내심 찍어놓은 여자애와 나룻배를 탔으니 열불이 날 만도 했다. 내향적이고 말수 적은 남자 B는 선배의 질타에 함구로 일관했고 보다 못한 여자애가 나서 역성을 들게 된 것이었다. 심각한 세 사람의 분위기와는 달리 보는 관객들은 빵 터진 웃음을 참지 못했고 남자 A가 그 자리를 박차고 일어나 들숲으로 사라지면서 싸움은 일단락됐다. 삼각

인간의 언어와 글로 담아낼 수 없을 만큼
별의 색상과 모양은 가지각색이었다.

관계의 갈등이 끝나면서 모닥불 또한 점차 잦아들었다. 시들해진 아이들은 숙소로 들어갔다.

　일부 아이들은 잦아든 모닥불의 온기를 의지하여 땅바닥에 돗자리를 깔았다. 돗자리에 누워 밤하늘을 바라보았다. 밤하늘엔 별이 꽉 찼다. 수억의 별들을 좁은 하늘이 미처 담아내지 못할 정도였다. 작은 하늘은 미처 감당 못 한 별들을 곧 쏟아낼 듯했다. 불과 백 미터 위치에서 존재하는 듯 별들은 선명하고 뚜렷했다. 서울에서 나고 자란 아이들은 처음 보는 장관이었다.

　별 색깔이 고작 금색, 은색에 불과할 것이라 여겼던 것은 이십 년 생애 고정관념이었다. 붉은색, 불그스름한 색, 선홍색, 주황색, 노란색, 연두색, 회색, 푸른색, 청록색, 푸르스름한 색 등 헤아릴 수 없이 별의 색깔은 종류만큼이나 다양했다. 인간의 언어와 글로 담아낼 수 없을 만큼 별의 색상과 모양은 가지각색이었다. 우리는 밤새 쏟아지는 별빛을 바라보며 자연 속에 몸을 맡겼다. 밤이슬이 얼굴과 머릿결을 축축하게 적셨다. 한기가 온몸 곳곳에 스며들었지만, 여한이 없을 만큼 별빛은 매혹적이었다. 북한강의 쪽빛 물줄기와 맑은 공기와 까만

　　　　　　　　　이신자　남이섬의 별들

밤하늘이 선사한 수억의 색채는 남이섬의 특별한 선물이었다. 스무 살의 우리는 살아 있음에 감사했다.

삼십 년 만의 모임이었다. 남이섬의 아이들과 여러 사정으로 불참했던 아이들이 모였다. 이제 우리는 아이들이 아니었다. 자식을 거느린 부모가 되어 있었고 자식을 거느리지 않아도 중년의 나이를 넘긴 어른이 되어 있었다. 풋풋하고 고왔던 삼십 년 전 아이들은 세월의 풍파와 중력을 고스란히 얼굴에 새긴 채 나타났다. 가락시장의 횟집에 모인 우리는 쪽빛 돌 위에 가지런히 올려진 회 몇 점을 안주 삼아 술을 마셨다. 순식간에 빈 병이 늘어났다. 열 명 남짓한 인원이었지만 모두 술을 잘 마시는 것은 아니었다. 반가움과 궁금함, 그리움보다 좀 더 진한 어색함을 지우기 위해 애꿎은 술잔만 만지작거렸다. 빈 술병이 다섯 병을 넘기면서 우리는 어느새 왁자하게 떠들며 옛날 얘기를 하고 있었다.

남이섬에 갔던 아이들 중 세 명은 중년의 나이에 도달하지 못했다. 그들은 짧은 생명을 끝으로 오래전 세상에서 사라졌다. 엄마를 따라 이민 간 아이는 모두의 마음에 그리움과 궁금증을 불러일으켰지만 소식을 아는 이는 단 한 명도 없었다. 이십 명 중 몇몇 아이들은 부부의 연을 맺어 결혼을 했고 아이를 낳아 키우고 있었다. 모두, 다양한 직업을 통해 안전한 울타리를 형성한 어른이 되어 있었다. 삼십 년의 세월을 거슬러 내가 기억하는 추억, 네가 기억하는 추억을 얘기하며 연말의 밤은 깊어가고 있었다. 담배를 피우러 나온 중년의 어른들은 송파의 밤하늘을 바라보았다. 밤하늘은 적막할 만큼 까마득했고 멀지 않은 곳에 우뚝 솟은 시그니엘 건물만이 위용을 자랑했다. 시그니엘에서 쏟아져 나온 수많은 빛이 아득한 밤하늘을 찌르고 있었다. 어른들은 담배를 비벼 껐다.

　연말의 밤은 짧고도 깊었다. 삼십 년 만에 만난 우리들은 옛 시절의 아이들로 돌아가 있었지만, 남이섬의 찬란했던 별빛을 구경하지 못했다. 대신, 도심지의 가로등 빛과 무수한 건물에서 쏟아져 나온 빛만으로도 부신 눈을 뜰 수 없었다. 생선 비늘을 아프게 벗겨내고 살점을 포 떠 옥빛 돌 위에 얹어진 생선회는 바닥을 드러내고 있었다. 우리는 북한강의 쪽빛 물줄기를 떠올리다, 서로의 안부를 살피고 평안을 기원했다. 삼십 년 전 저마다씩 가슴에 품었던 색색의 별빛들이 깊숙이 박혀

삼십 년 전 저마다씩 가슴에 품었던
색색의 별빛들이 깊숙이 박혀 있던 품을 한 번씩 열어보던 밤이었다.

있던 품을 한 번씩 열어보던 밤이었다. 남이섬에서 별을 품었던 그날의 꿈을 우리가 지금 이루었을지는 본인조차도, 그 누구도 알지 못한다. 때로, 사람은 수많은 선택 속에 자신의 삶을 맡기긴 하지만 그것이 진정 원하는 것인지 원하지 않은 것인지 잘 파악하지 못하기 때문이다. 하지만, 분명한 것은 스무 살의 우리들이 가슴에 품었던 그 화려하고 명료하고 신비로운 별빛은 아직도 하늘에서 명징하게 빛을 발하고 있다는 것이다. 우리가 그날 가슴속에 새겼던 별빛을 결코 잃지 않을 때 삶은 눈부시도록 아름다울 것이다.

이신자 남이섬의 별들

연둣빛 청춘, 잿빛 중년

남자의 욕망엔 색이 있다

정 해 성
Jeong Hae Seong

부산에서 태어났다. 부산대학교
국어국문학과를 졸업하고, 같은 대학원에서
문학박사 학위를 받았다. 부산대에서
문체교육론, 현대소설론, 문학개론,
문예비평론 등의 과목을 강의했고, 현재
문화평론가로 활동 중이다.
『문체 연구 방법의 이론과 실제』『장치와
치장』『매혹의 문화, 유혹의 인간』『감동과
공감』 등의 저서가 있다.

연둣빛 청춘, 잿빛 중년
— 정미경 『내 아들의 연인』

　　나에게 색의 힘은 강렬하다. 인간 불행의 시초는 선악과이다. 아담이 선악과를 먹은 이유는 '보암직하고, 먹음직하고, 지혜롭게 할 만해서'라고 성서는 기록한다. 인간 욕망의 첫 번째 요인이 이른바 '보암직'이다. 아담이 내 조상인 것이 틀림없음을 난 이 구절에서 확신한다. 인류를 나락으로 떨어뜨린 욕망의 시작은 '먹고 싶어서'도, '지혜'도 아닌 일단 '예뻐서'라는 부분에 고개를 끄덕인다. 난 확실히 시각에 약하다. 결혼 준비에 포크 하나 맘에 드는 거 사겠다고 부산 시내를 다 훑고 다녔을 때, 대학원 선배가 충고했다. '살다 보면 다 똑같다'고. 아니다. 결혼한 지 무려 24년이 흘렀으나, 난 아직 모든 부분에서 디자인이 선택의 최우선이자 절대적 요인이다. 음식은 맛

　　　　　　　　　정해성 연둣빛 청춘, 잿빛 중년

보다 예쁘게 담겨 있는 것이 중요하고, 책도 색상과 크기에 맞춰 순서대로 잘 어울리게 꽂혀 있어야 한다. 아직도 맘에 안 드는 옷, 색이 어울리지 않는 실내 인테리어는 내가 지지하지 않은 정치인이 당선되는 총선/대선 결과보다 훨씬 더 많은 스트레스를 받는다. (참고로 난 상당한 정치 고관여층에 속한다. 총선을 앞둔 지금은 각 시/도의 지역구 의석수를 대충 다 외고 있다.) 아담처럼 난 지적 호기심이나 식욕에 앞서 시각에 제일 먼저 유혹당하고 점령당하는 존재이다. 일단 예쁘면 대충 다 용납이 된다.

색은 언어에 앞서 예술 작품을 직관적으로 감지하게 하고, 지속적으로 인식하게 한다. 개봉한 지 이미 30년이 지나 내 기억 속에 잊힘직도 하지만, 폴란드 영화 〈블루〉의 감동은 영화 전체를 지배하던 압도적인 푸른색으로 인해 아직도 내 맘을 설레게 한다. 영화 〈위대한 개츠비〉는 여러 가지 매혹적인 요소를 가득 담은 영화이지만, 그중에서도 흰색, 분홍색, 검은색, 브라운색의 슈트를 입고 노란색, 하늘색, 흰색 차를 타고 다닌 개츠비의 모습은 죽을 때까지 잊힐 수 없는 압권이다. 나에게 〈위대한 개츠비〉는 피츠제럴드의 소설이 아니라, 로버트 레드포드의 영화 〈위대한 개츠비〉이다. 이젠 고인이 된 강수연 주연의 〈그대 안의 블루〉 역시 색을 통해 여성의 사랑과 자유의 역설적 역학을 형상화한 영화였기에, 흥행 실패인 영화임에도 불구하고, 아직 색들이 주요 모티브로 등장한 몇몇 영화 속의 장면들이 인상 깊게 남아 있다. 피카소 '청색 시대'에 형상화된 우울과 고독, 남루함에 몰두했고, 샤갈의 푸른색에 담긴 환상과 꿈을 추종했다. 영화, 미술의 시각 매체를 주로 하는 예술뿐만 아니라, 음악 및 문학 속에서도 색은 그 자체만으로도 내 삶의 순간순간에 내 감성과 감각을 자극하고, 내면에 많은 영향을 끼친다. 정미경의『내 아들의 연인』은 많은 예술 작품 속에 나타난 색들 중 내게 많은 과제를 던진 작품이다.

　엘리엇(T.S. Eliot)의「황무지」를 알고 난 이후, 문학 전공자인 나는 4월만 되면 '4월은 가장 잔인한 달'이란 구절을 떠올린다. '재생 불가능한' 시대에 재생을 요구하기에 '4월은 가장 잔인하다'는 선생님의 강의에 고개를 끄덕이며 창문의 푸석푸석한 봄 햇살에 나름 번뇌의 시선을 던진 난 스무 살이었다. 푸릇푸릇해서 천진난만하다 못해 약간은 바보스런 순수를

　정해성　연둣빛 청춘, 잿빛 중년

장착한, 조금은 맹한 우리를 촉촉한 눈빛으로 바라보시며 강의실을 나지막하게 울린 선생님의 강의에서 스무 살의 난 무엇에 공감하였기에 고개를 끄덕였을까? 엘리엇의 시를 소설적으로 형상화한 정미경 소설『내 아들의 연인』에 공감하여 패턴 분석과 리포트도 썼지만, '재생'이 필요 없는 이십 대였던 난 '재생 불가능한' 중년의 고뇌를 어떻게 이해했을까? '내가 해봐서 아는' 꼰대스런 나이가 되고 보니, 이제서야 '4월의 잔인함'이 무엇인가 조금은 알 것 같고, 이제서야 정미경 소설『내 아들의 연인』속에 담긴 연둣빛에 대한 서술자의 애정과 체념을 이야기할 수 있을 듯하다.

정미경 소설『내 아들의 연인』의 '나'는 집에 혼자 남으면 집이 '텅 비었다'고 생각하는 전업주부이다. '집'은 '나'가 아닌 가족들의 삶의 공간이었고, 자신은 가족들을 뒷바라지하는 유령 같은 존재이기 때문이다. 태엽 인형처럼 규칙적이고 오류를 모르는 사업가인 남편, 울트라 부잣집 아들의 전형인 '현', 강남 중산층의 '주제'에 맞게 쇼핑과 피부 관리 및 테라피 등으로 하루를 소비하는 딸 '명'을 가족으로 둔 '나'는 나름 '결혼

이라는 벤처에 성공한 투자자'인
중산층 전업주부이다. '나'는 '쇼
팽(Chopin)'을 '초핀'이라 읽는
이십 대 가난한 재수생을 사랑하
기도 했다. 그러나 '타이밍'이라
는 애매한 핑계를 대며 가난한
'초핀'과 헤어진 후, '교활한 계산
법'에 의해 부자 사업가인 남편
과 결혼한다. 그 결과 '아무 갈망
없어 가난한 얼굴'로 하루하루를
긴대롭게 살아간다.

정미경 소설 『내 아들의 연인』

　　무채색의 중년 '나'는 연둣빛의 여대생 도란을 만난다.
'아들의 연인' 도란은 컨테이너 박스에서 동생들을 부양하면
서 살고 있는 '청년 가장'이다. 대학원에 진학해서 T.S. 엘리엇
을 공부하는 인재이고, 자신의 가난에 당당하다. '나'는 당당
하고 눈부신 도란의 젊음에서 '연두색'의 풋풋한 봄날을 본다.
'나'는 연둣빛 도란을 통해 한때 푸르렀던 자신의 청춘을 떠올
린다. '나'는 아들의 연인인 도란을 너무나 좋아하지만, 경제

　　　　　　　　정해성 연둣빛 청춘, 잿빛 중년

적·문화적 차이로 자신의 아들과는 결국 헤어질 수밖에 없음을 짐작하기에, 애써 친해지지 않으려고 노력한다. 결국 울트라 부잣집 아들인 '현'은 컨테이너 때문은 아니라고 자기변명을 해대며 도란을 떠난다. 그러나 '나'는 '도란'의 연둣빛으로 인해 현재의 '빛바랜 나'를, 자신이 살아가는 환멸의 세계를 자각한다.

'나'는 식사 메뉴, 아이들 미래 말고는 더 이상 나눌 화제도 존재하지 않는 남편과 그저 살아갈 뿐이다. '나'가 살아가는 세계 또한 중산층의 위선과 허위 그 자체이다. 사업가 남편은 '개나 소나 차를 끌고 다녀'서 길이 막힌다고 화를 내며, 휘발유 값을 리터당 만 원을 받아야 한다고 주장한다. 딸 '명'은 '집안 살림은 죄다 남에게 맡겨놓고도 뭐가 부족해서 종일 칭얼'거릴 뿐만 아니라, 가난한 도란을 '너무 주제를 모르는 뻔뻔한 파렴치'로 비난한다. 아들 '현'은 스스로 능력으로는 단 하루도 살지 못하면서 아버지 통장 잔고를 자신의 돈으로 착각하며 살아간다. 같은 아파트에 살고 있는 중산층 이웃 역시 자신 가족과 별반 다르지 않다. 소형차 한 대 값에 해당하는 부서진 백미러의 수선 비용을 가난한 기사에게 부담시키는 차주, 자신을 방문한 손님이 범인인 줄 알면서도 침묵하는 앞집 여자 모두 냉정하고 이기적이다. 같은 아파트 주민인 '나' 역시 뺑소니 현장을 목격하고도 이웃과의 불편한 관계가 두려워, 돈이 없어 '미칠 것 같은' 기사의 딱한 사정을 듣고도 비겁하게 입을 다문다. '나'는 이 모든 사람들로 구성된 자신의 생활 문화적 환경, 즉 중산층의 아비투스에 환멸을 느끼지만, 그에 대한 어떠한 반작용도 없다. 그저 시간이, 세월이 흘러 자신의 체온이 식어가길 권태롭게 기다릴 뿐이다.

정미경 『내 아들의 연인』은 중산층 중년 부인의 자기 환멸적 시선으로 자신의 삶과, 자기를 둘러싼 세계를 해부한다. 이 작품의 서술자 '나'는 중산층에 편입되길 교활하게 갈망했고, 편승 이후 중산층의 삶을 적극적으로 내면화한다. 화석화되던 '나'에게 도란은 하나의 출구였고, 기회였다. 과거 눈부신 추억과 순수한 욕망을 떠올리게 함으로써 중년의 나이에도 연둣빛의 삶을 갈망하게 한다. 연둣빛은 바로 도란이다. '나'는 도란을 가족으로 수용함으로써 권태와 환멸의 삶으로부터 탈출할 기회를 갖는다. 그러나 '나'는 도란의 존재를 '권태로운 삶의 여행지에서의 우연히 만난 UFO 같은 존재', 즉 비현실적 존재

로 규정함으로써 스스로를 다시 권태와 환멸의 늪 속에 빠뜨린
다. 결과적으로 '나'의 삶엔 연둣빛의 눈부신 젊음은 사라지고,
무채색의 무료함만 남는다. 시간이 지속될수록, 몸부림칠수록
늪 속에 더욱 깊이 빠져들 뿐, 출구는 존재하지 않는다.

　　난 누구보다도 나이를 긍정하며, 내 나이를 가능한 한 빨
리 밝힌다. 머리 염색도 안 하고 보톡스니 뭐니 성형은 생각해
본 적이 없다. 동안이 되려고 애써본 적도 없고, 나이가 들면
나이에 걸맞은 연륜과 아름다움이 있음을 긍정하기에 젊음만
이 누릴 수 있는 영역을 탐해본 적이 없다. 머리에서 발 끝까
지 완벽하게 정장을 꾸미고 지팡이 짚고 미술관 오시는 파리
의 멋쟁이 할머니가 그렇게 멋있어 보였다. 나이 들어 오픈카
를 타고 고속도로를 질주하면서 휴가를 떠나던 할아버지 할머
니 부부처럼 그렇게 외양이 아닌 삶의 스타일이 멋있는 노년
을 살고 싶었다. 그들의 삶과 모습이 멋져 보일 수 있었던 것
은 내가 아직은 젊었기 때문이었다. 이제 멋지게 생각했던 '먼
미래의 그분들'의 나이가 서서히 나의 현재가 되고 있다. 그러
면서 정미경『내 아들의 연인』의 '나'가 처한 실존적 현실에 철

저히 공감한다.

대화할 주제가 없어서가 아니라, 시간의 흐름에 따라 유연성은 상실되고 더더욱 견고해진 나의 견해로 인해 가족 포함해서 타인과 마찰을 일으킬 대화 자체가 점점 두렵다. 내 견해를 그들에게 설득시킬 열정도 애정도 패기도 이젠 없다. 굳이 설득시켜서 같은 생각을 가진들 그것이 무슨 의미인가 하는, 나아가 내 생각과 방법이 좀 더 나은 것은 확실한가 하는 의심이 든다. 무거운 주제, 논쟁을 유도하는 주제는 가능한 한 회피하고, 비생산적이고 소모적인 그래서 안전한 이야기들을 주로 하려 한다. 신체적 노화를 몸으로 체험하고 부실한 부분을 조심스럽게 다스리고 타협하면서 한 해 한 해 근근이 버틴다. 동영상에서 나이 드신 분들의 말씀을 들으며 속도, 성량, 기력, 호소력, 소통력 등을 체크하면서 내 언어의 현재를 점검하고, 나의 강의가 언제까지 타인에게 제대로 전달될 수 있을까를 객관적으로 고민해본다. 나 스스로가 긍정하고 인정할 수 있는 '나의 나다움'을 마지막까지 버텨줄 요소가 무엇인가를 고민하면서 활동과 취향에 있어 선택과 집중을 다짐한다. 삶의 주변에 좋은 사람들이 항상 넘쳐났던 지금의 삶과는 달리 좀 더 나이 들어 혼자만의 시공간에 혼자 남겨질 때 삶, 예술, 지식 등에서 받은 감흥을 혼자서 다스릴 수 있는 기술 또한 가져야 할 것을 다져본다. 이 모든 것은 '봄의 연둣빛'이 아닌, 가을의 무채색임을 잘 알고 있다.

정미경 소설 『내 아들의 연인』을 읽은 이후, 스산함과 허망함에 절망했지만, 그보다 정신이 번쩍 들었다. 이 소설은 내게 '연둣빛' 그 자체이다. 소설을 읽은 이후 해마다 봄만 되면 난 엘리엇의 시구만 떠올리는 것이 아니라, '연둣빛'을 늘 갈망하고 그리워한다. 소설 속의 '나', 이젠 더 이상 꿈이 무엇이냐고 그 누구도 물어봐주지 않는 주인공 '나'의 허무와 환멸이 나의 현실임을 매 순간 깨닫기에 그에 함몰되지 않기 위해 난 의지적으로 '연둣빛'을 떠올린다. 꿈꾼다고 얻어질 '재생'이 아니기에 가질 생각도 안 하면서 살지만, 그래도 봄이 되면 늘 '연둣빛'을 떠올리며 하루하루 현재 내 삶을 계획하고, 삶의 의미를 다져보려 한다.

'연둣빛' 그 자체였던 시절, 나에게는 늘 하고 싶은 일들이, 해야만 하는 과제가 쏟아지는 하루고 한 해였다. 그때는 설정된 목표를 달성하지 않으면, 주어진 과제를 다하지 못하면 내 삶이 틀어지고 망가질 것 같은 아슬아슬함에 늘 서 있었다. 하루하루가 절박하고 위태로웠다. 모르는 것이 태산 같았고, 무식한 나 자신이 항상 부끄러웠다. 정신적으로 정서적으로 좀 더 나은 삶을 살 수 있다는 갈망 속에서 '연둣빛'의 난 항상 잠시도 쉬지 않으며 끊임없이 읽고, 듣고, 보고, 쓰고…… 그렇게 나를 극한까지 몰아세웠던 시절이 있다. 하고 싶었던 일들을 하려면 상당한 돈이 필요했다. 장학금과 아르바이트로 이 모든 것들을 스스로 해결하면서 살았음에도 불구하고, '연둣빛'의 난 항상 계산에 느렸고 별로 계산을 안 하면서 살았고, 평생 그렇게 살기를 원했다. 한 끼를 굶더라도, 꽃을 살 수 있는 그렇게 철없는 영혼으로 살기를 원했고, 소로의 『월든』에 격하게 동의하면서 살았다. 삶에 옳고 그름은 있을 수 없다. '그때는 옳았고, 지금이 틀렸다'는 것, 반대로 '그때는 틀렸고, 지금이 옳다'는 것이 아니다. 최소한 어제보다는 오늘의 나, 오늘보다 내일의 내가 조금 더 발전된 모습이 아니라면 나와 내 삶이 무가치하고 무의미하게 느껴져서 견딜 수 없는 강박증이 내겐 존재한다.

해마다 봄만 되면 난 엘리엇의 시구만 떠올리는 것이 아니라,
'연둣빛'을 늘 갈망하고 그리워한다.

지금도 새해마다, 아니 삶의 매 순간마다 난 정미경 소설 『내 아들의 연인』 속의 '도란'을, '연둣빛'을 꿈꾼다. 매해마다 올해는 무슨 영역의 공부를 해볼까, 무슨 글을 쓸까, 어떤 곡을 쳐볼까 나름 계획을 세운다. 때론 이 모든 것의 의미에 의문을 가질 때가 많다. 아니 항상 하는 것 같다. 하루를 꽉 채워서 책 한 권을 읽고 다 정리하고, 원하는 만큼 악기 연습을 하면 그 하루는 잘 살았다고 할 수 있을까? 한 해에 바흐 조곡 전곡을 다 치면, 많은 사람과 음악과 전시를 공유하면서 바쁘고 즐겁게 살면 그 한 해는 잘 살았다고 할 수 있을까? 그래서 그것은 도대체 무슨 의미인가? 이런 질문에 대한 대답은 내가 '연둣빛' 그 자체였을 때에도 얻지 못했다. 죽는 순간에도 어차피 알 수 있을 것이란 생각도 안 든다. 그럼에도 불구하고 매년 '연둣빛'을 생각해가면서 그저 주인공처럼 환멸과 허위의 '잿빛' 일상에 매몰되는 삶을 온몸으로 거부할 것을 매년 결심해본다. 최소한 정미경 소설의 '나'처럼 이런 고백을 하면서 살 수는 없기 때문이다.

　　"나의 삶은 '독한 용액에 담겨 끝부터 서서히 녹아버려 머

리만 남은 긴 뱀, 이젠 토막 난 몸뚱아리로 꿈틀거리며 살아
갈' 뿐인, 허망한 삶이다. 소외되고 고독한 '나'는 '늙고 시든
재로, 손에 쥔 먼지만큼의 날들을 살아내야 할 생' 앞에 그저
아득할 뿐이다."

남자의 욕망엔 색이 있다
─ 버르토크 〈푸른 수염의 성〉

　　오페라 중 조명의 색채가 스토리라인보다, 음악보다 더 강렬하게 청중을 사로잡으면서 가장 중요한 요소로 등장하는 작품이 있다. 버르토크 〈푸른 수염의 성〉은 여러 가지 요소로 청중에게 충격을 주지만, 일곱 개의 방문이 열릴 때마다 무대 전체를 지배하는 조명에 청중은 압도된다.

　　벨라 버르토크(B. Bartok, 1881~1945)는 헝가리의 천재 피아니스트이자 작곡가이다. 그는 11세 나이로 베를린에서 피아니스트 겸 작곡가로 데뷔 연주를 하여 "신과 세상에 대해 자신의 생각을 가지고 있는 사람, 연주 저변에 정신적 내면의 흐름이 있는 사람"이라는 극찬을 받는다. 아무리 천재라 해도 11세의 소년에게 붙여질 수 있는 말이라고는 생각되지 않지만,

암튼 버르토크의 예술 세계는 그만의 확고한 독창적인 세계가 있는 것은 틀림없다. 살아생전에 나도 저런 극찬이 저절로 나오는 어린 천재의 연주를 들어보고 싶기도 하다. 전문 연주자와 작곡가가 구분된 이후엔 좀 불가능하지 않을까 싶기도 하다. 이후 버르토크는 1905년에 파리 콩쿠르에서 2등(1등은 빌헬름 박하우스)을 하여 피아니스트로서의 명성을 얻고 향후 30여 년간 헝가리 부다페스트 음악원 피아노 전공 교수로 재직하며 후진을 양성한다. 버르토크는 코다이와 함께 동유럽 민속음악을 연구하여, 자신의 음악적 원천으로 삼는다. 〈14개의 바가텔〉, 〈10개의 쉬운 소곡〉, 〈어린이를 위하여〉(85곡) 등에서 헝가리 전통 민속음악적 선율을 표현하였고, 〈알레그로 바르바로(야만적인 알레그로)〉에선 '야만적'이고 원시적 경향을 보이면서 단순한 선율 속에서 격렬한 리듬 및 강한 다이나믹을 표출하면서 선배 음악가들(후기 낭만파 및 드뷔시)의 영향에서 벗어나 자신만의 독자적인 세계를 구축한다. 버르토크는 민족적이면서도 세계적인, 전통적이면서도 실험적인 극단적 양상의 통합을 성취한다.

〈푸른 수염의 성〉은 버르토크의 유일한 오페라로 1911년에 완성되나, 두 명의 가수만으로 진행되는 구성으로는 극적인 효과가 부족하다고 평가되어 초연되지 않았다. 이후 1917년 버르토크 발레 〈허수아비 왕자〉의 성공으로 그 명성에 기대어 〈푸른 수염의 성〉이 초연되나, 원작자 발라즈의 정치적 추방으로 상연 금지 명령을 받아 1936년까지 이 오페라는 무대에 오르지 못한다.

원작은 루이 14세 시대의 프랑스 동화 작가 페로의 〈푸른 수염〉으로, 여성의 호기심과 불복종에 대한 형벌이 주제이다. 페로는 동화임을 고려하여 여주인공이 자신의 호기심으로 푸른 수염에게 살해당하기 전 친정의 도움으로 살아남을 뿐 아니라, 오히려 푸른 수염을 죽이고 그의 재산으로 부를 누리며 재혼하여 행복하게 사는 해피엔드를 설정한다. 후대 오페라 작가 오펜바흐 〈푸른 수염〉, 베테를링크 · 폴 뒤카 〈아리안과 푸른 수염〉에서는 페로의 해피엔드를 개작하여 호기심으로 남편의 명령을 거스른 아내의 죽음으로 끝맺었다.

20세기 헝가리 작곡가 버르토크는 〈푸른 수염의 성〉이란 한 시간 분량의 짧은 오페라를 통해 이 이야기를 오로지 두 주

정해성 남자의 욕망엔 색이 있다

버르토크는 공작으로 대변되는 남성의 숨겨진 일곱 가지 욕망을
각기 다른 조명 빛깔로 차례차례 제시한다.

인공, 푸른 수염과 유디트의 심리와 내면 표현에 집중한다. 여주인공 유디트는 빛의 세계를 버리고 대저택과 토지를 소유한 공작 '푸른 수염'을 따라 어둠의 성, 슬픔의 성에 들어와 공작에게 사랑을 고백한다. 당신을 사랑하기에, 눈물을 제거하고 얼음을 녹이기 위해서 이곳에 왔다며, 성의 잠긴 방문들을 열어달라고 한다. 공작은 그녀의 결심을 다시 한번 생각해보라며 만류하는 이성적이고 단호한 태도를 보이지만, 구원자 코스프레에 스스로 도취된 유디트는 그의 만류를 듣지 않고, 그와 함께 성안을 걸어 다니며 방을 하나씩 열어 보일 것을 요구한다.

표현주의와 심리극적인 요소를 지니는 이 오페라에서 닫혀진 방들은 공작 내면에 깔려 있는 음험한 욕망을 상징한다. 버르토크는 공작으로 대변되는 남성의 숨겨진 일곱 가지 욕망을 각기 다른 조명 빛깔로 차례차례 제시한다.

붉은색 조명의 첫 번째 방은 단2도의 트레몰로로 피 묻은 무기로 가득 차 있는 고문실로 우리를 이끈다. 이는 남성의 잔인한 폭력성을 상징한다. 피의 동기의 연주 및 관악의 음향을 통해 긴박감이 증가되면서 연결되는 황적색 조명의 두 번째 방은 무기고로 남성의 호전성을, 황금색 조명의 세 번째 방은 보물창고로, 남성의 재력과 소유욕을 대변한다.

초록색 조명의 네 번째 방은 비밀의 화원으로 남성의 권력욕을 상징한다. 백합, 카네이션, 장미가 만발한 화원이지만 으스스한 초록빛, 그리고 꽃잎에 있는 핏자국으로 인해 공포를 자아내는 방이다. 창백한 회색의 다섯 번째 방은 광활한 토지를 통해 부와 권력의 정점을 웅장한 음향과 다장조의 조성으로 과시한다. 갑자기 무대 전체가 어두워지면서 검은색으로 대변되는 여섯 번째 방은 '눈물의 강'으로 상처받기 쉬운 감성, 남자가 끝까지 숨기고 싶은 약한 심성을 암시적으로 제시한다.

마지막 일곱 번째 방은 아내들의 방으로, 남성이 끝까지 감추고 싶어 하는 영원한 비밀의 방으로 은은한 달빛 조명을 사용한다. 호기심에 발동이 걸린 유디트는 공작에게 마지막 방을 열게 하고, 이전의 아내들이 '영원한 새벽', '영원한 낮' '영원한 저녁'으로 명명되며 왕관과 보석으로 치장된 채 갇혀 있는 것을 보고 경악하지만 이미 때는 늦었다. 유디트는 다른 아내들처럼 화려한 왕관과 보석으로 치장되어, '영원한 밤'으로 일곱 번째 방에 남고 영주는 서주의 반복과 함께 유디트를 맞이하기 전의 성으로 되돌아오면서 오페라는 끝난다.

한국에서는 거의 상연되지 않은 오페라이기에 동영상으로만 볼 수 있었다. 스토리라인 자체가 오페라가 끝날 때까지 긴장을 풀지 못하게 하는 이 작품은, 불협화음과 반음계의 진행 등 음악적으로도 아름다움보다는 긴장감을 느끼게 한다. 특히 방들이 바뀔 때마다 바뀌는 조명의 색은 인간 욕망과 색과의 상관성에 대해 생각하게 했고, 동일한 행성에 산다고 긍정하기 힘든 남자의 심리 및 본성의 실체에 대해서도 생각하게 했다.

남자들은 이 오페라를 보면서 무슨 생각을 할까 무척 궁금하기만 한데, 여성 청중의 입장에서는 다음과 같은 사항들에 의문을 제기하게 된다. 남자의 호기심은 나라를 구하지만, 여성의 호기심은 왜 파국으로만 형상화될까? 정말 남성들은 저런 괴물스러운 욕망들을 맘 깊은 방에 꾹꾹 억압한 채 교육과 문화로 인한 사회화 덕분에 겉으로만 현실 속에서 멀쩡한 인간인 것처럼 살아가는 것일까? 간혹 영화 속에서 나 보이는 남성들의 잔혹한 공격성, 파괴적 욕망은 실제하는 실체인가?

이런 의문에 강도와 깊이를 더해주는 것이 바로 갖가지 색으로 등장하는 조명들이다. 색이 인간의 감성을 자극하는 정도를 넘어서 의식을 지배한다. 색이 이끄는 대로 청중은 공포에 질리고, 억압당하고, 짓눌려 질식할 것 같은 공포감을 증폭시켜간다. 색이 시각 예술뿐만 아니라, 음악과 문학에 있어서도 중요한 전달 매체가 된다는 것, 색상과 욕망과의 상관관계가 무엇일까 하는 생각을 갖게 한 오페라였다.

색은 단순한 취향의 요소가 아니다. 개인적 · 사회적 · 예술적 소통에 있어 색은 의식적 · 무의식적 차원에서 중요한 수단 중 하나이다. 색을 통해 우리는 문화, 이념, 국가, 종교, 성격을 언어보다 더 직관적이고 강렬하게 인지한다. 각종 미디어와 메시지의 홍수 속에서 살아가는 현대 사회에서 색은 타인과 나의 욕망을 전달하는 수단이 되고 있다.

좋은 예술은 우리에게 정답을 주는 것이 아니라, 항상 의문을 품게 한다. 나, 나와 다른 남, 그리고 세계에 대해 내 스

스로 끝없이 질문을 던지고 해답을 성찰하게 하는 것이 예술
이다. 버르토크 오페라 〈푸른 수염의 성〉은 남성의 무의식에
깔려 있는 욕망들을 다양한 색채를 통해 강렬하게 인지하게
했다. 효과적인 예술적 소통을 위해서는 시각 예술뿐만 아니
라, 음악에서도 색을 잘 활용해야 함을 알게 한 작품들이다.

정해성 남자의 욕망엔 색이 있다

노랑의 힘

파리한 보라가 찰랑거리며 차오른다

조규남

Cho Kyu Nam

전남 보성에서 태어나 『한국소설』에
단편소설이, 『농민신문』 신춘문예에 시가
당선되어 작품 활동을 시작했으며 제6회
〈구로문학상〉을 수상했다. 시집 『연두는
모른다』, 소설집 『핑거로즈』, 함께 쓴 책으로
『언어의 시, 시의 언어』 『향기의 과녁』 『문득,
로그인』 『여자들의 여행 수다』 『흄흄흄 부를
테니 들어줘』 『우리, 그곳에 가면』 『그들과
함께 꿈꾸다』 등이 있다.

노랑의 힘

경건한 분위기였다. 금장 껴입은 부처님 앞에서 합장하고 몸을 낮췄다. 그래서일까. 마음이 차분해지고 몸가짐이 조신해진다. 올라갈 때 무심히 지나쳤던 것들이 예사로 보이지 않고 소중해진다. 차갑던 날씨가 체온을 올린 며칠 사이에 지천으로 피어난 꽃들. 그들의 세계에도 순서가 있어 봄이면 개나리가 가장 먼저 피었는데 올해는 다른 꽃들에게 추월을 당해 초췌해 보인다.

튤립이겠지.

제방길을 함께 걷던 지인이 손짓하는 곳을 건너다보았다. 원경으로 들어오는 색깔은 온통 노랬다. 이른 봄 천변에 조성된 화단이니 튤립일 거라고 믿었지만 무슨 꽃일까 궁금해 자

곁에서 보니 빨강이 더 강렬하게 두드러지는데
그 강렬함을 제치고 멀리까지 뻗어 나간 건 노랑이었다.

동반사적으로 방향을 꺾어 꽃을 향해 걸었다.

화사한 햇빛을 받은 꽃은 더욱더 샛노래 눈이 부셨다. 가까이 다가가니 각각의 색깔들이 분명해졌다. 노란 튤립과 빨간 튤립이 반반씩 섞여 있었다. 놀라웠다. 곁에서 보니 빨강이 더 강렬하게 두드러지는데 그 강렬함을 제치고 멀리까지 뻗어나간 건 노랑이었다.

노랑을 생각하면 여러 가지로 복잡해진다. 들뜨다가 차분하다가 연약하다가 강하다가 화려하다가 찬란하다가.

마카오는 내게 낯설게 열리는 창이었다. 다른 나라, 다른 도시와 확연히 다른 빛깔로 다가왔다. 상상도 해보지 못한, 아니 수없이 접하고 부딪쳤던 빛깔이었다. 분명 세상에 존재하는 빛이었는데 새삼 생경하게 밀려들었다. 웅장하고, 화려하고, 환하고, 현란하고 위협적이고 강렬했다.

마카오에서 가장 오래됐다는 성당을 둘러보면서 감동했던, 그 감각 그 흔적은 사그리 지워지고 마카오 하면 환하게 번쩍이는 노란 황금빛만이 나를 밀고 들어온다. 그것은 시야에 가득 들어오는 호텔들 때문이었을 것이다.

　처음 대할 때부터 마음이 붕 떠올랐다. 가는 비가 내리는 흐린 날씨인데 천지가 노랗게 물들었다. 수억 년 묻혀 있던 모든 황금이 지상으로 올라와 빛을 발산하는 것 같았다. 태초부터 가지고 있던 찬란한 빛이 방금 만난 것처럼 나를 뒤흔들었다.

　오래도록 눌려 있다가 한꺼번에 폭발해버리는!

　마카오는 16세기 중반부터 포르투갈의 지배를 받아오다가 1999년 중국에 반환된 마카오특별행정구다. 국제무역의 중요한 역할을 한 부유한 항구라서 화려해 보이는 것만은 아니겠지만 눈에 들어오는 호텔들의 황금빛에 나는 마음을 뺏겨버렸다. 도깨비나라에 온 것처럼 두렵고, 어리둥절하고, 휘둥그레지는 기분, 아무도 말을 걸어오지 않는데 마음이 소란스러웠다. 모든 것을 삼켜버린 황금빛은 주위의 어떤 빛깔도 들이지 않았다. 차분해지려 해도 차분해질 수가 없었다. 성 바울 성당의 경건하고 차분한 분위기를 유유자적 돌고 유적지와 세

나도 광장을 내려와 육포와 쿠키를 파는 상점이 양쪽으로 늘어서 있던 거리의 맛있는 냄새를 풍기던 활기와, 마카오 최초의 성당인 아담한 성 도미니크를 관광할 때의 잔잔함은 없었다. 세나도 광장에 출렁이는 모자이크 모양의 물결무늬도, 포르투갈에서 돌을 가져와 흰색과 검은색의 조화로운 화합을 상징했다고 하는 따뜻한 마음도 사그리 지워져버렸다. 호텔 입구부터 깔려 있는 레드카펫의 화려하면서도 아름다운 실내 장식을 보면서도 온통 황금빛, 황금빛만이 나를 마취시켜 꼼짝달싹할 수 없게 만들었다.

카지노를 들어가기 직전에 실내 공원을 산책했다. 분명 실내인데 새파란 하늘이 보였다. 밖에는 비가 내리고 있는데 청청한 하늘이 보여 꿈인지 생시인지 분간할 수 없었다.

이게 마카오의 분위기인가! 카지노의 분위기!

가보진 않았지만 우리나라 정선에도 카지노는 있다. 그 분위기를 느껴보지 못해서 어떤 색깔 어떤 면모로 다가올지 모르지만 마카오는 분명 사람을 공중부양하듯 붕 떠오르게 만

그날 내가 간 마카오의 호텔들은 온통 황금빛이었다.
강하게, 충격적이게, 나를 휘어잡아버린 황금색.

들었다. 실상은 직접 카지노에 들어가 이것저것을 구경했지만 즐비하게 놓은 슬롯머신과 게임을 할 수 있는 탁자들은 차라리 차분했다. 그곳은 황금빛으로 빛나지도 않았으니까.

사람이 환장한다는 말이 뇌리를 차지하는 그러한 분위기는 어디에서 생겨나는가!

마카오의 호텔들이 황금빛으로 빛나는 것은 빛의 조화라고 한다. 우리나라 블랙핑크라는 걸 그룹이 그곳에서 공연한 적이 있었는데 그때 마카오 호텔들은 온통 핑크색으로 물들었다고 한다.

그날 내가 간 마카오의 호텔들은 온통 황금빛이었다. 강하게, 충격적이게, 나를 휘어잡아버린 황금색. 같은 황금색인데 절에 있는 부처상을 마주 보고 있을 때는 마음이 경건하고 차분해지는데 마카오의 황금색은 어찌 이리 환상을 안겨주는 걸까. 그것은 주위를 둘러싸고 있는 분위기일 것이다. 같은 황금빛인데 절에서 보는 것과 마카오 호텔들과 다르듯이 같은 색깔도 환경의 지배를 받는다. 약해 보이는 노란색이 멀리 뻗어

나가는 힘이 강하듯, 약하다고 약한 게 아니고 강하다고 강한 게 아니다. 흔히 강한 게 살아남는 게 아니라 살아남는 게 강하다고들 한다. 원경으로 보았던 화단의 빨강과 노랑에서 그게 더 분명해졌다. 강해 보이는 빨강을 약해 보이는 노랑이 먼 거리 달리기에서 이기고 승자가 된 것이다.

한때 차량도 원복도 노래서 유치원생을 상징했던 노랑. 보호 본능을 자극하고 연약함을 떠올리게 하는 대표색 노랑이 빨강을 집어삼켜 버린 것이다.

아침에 눈을 뜨자마자 명상에 잠기듯 눈을 지그시 감고 마음을 가라앉힌다. 같은 날 같은 아침도 어떤 마음을 가지고 시작하느냐에 따라 달라질 것이다. 들뜸도 차분함도 다 분위기에 있다는 것을 마카오를 다녀온 후 절실히 깨달았기 때문이다. 그날 나는 너무 들떠 있었다는 것을.

파리한 보라가 찰랑거리며 차오른다

춘삼월 끝자락에도 아직 꽃이 피지 않는다. 여느 해 같으면 환하게 봄을 치켜들고 세상을 밝혔을 텐데 올해는 유독 늑장을 부리고 있다. 아, 아니다. 시절에 맞춰 핀 꽃이 있다. 야산 초입에 제비꽃이 웅크리고 있다. 추워서 날개도 펴지 못하고 파리하게 떨고 있다. 너무 작아 자칫 보지 못하고 지나칠 뻔했다. 웅크린 꽃을 펼쳐주고 싶어 핸드폰을 들이댄다. 크게 확대해 찰칵 사진을 찍는다. 제비꽃이 커졌다. 내가 꽃을 키웠다. 꽃어미가 된 것처럼 흐뭇하다. 가장 좋아하는 보라색의 어미.

교통수단이 요즘처럼 편리하지 않던 시절이었다. 한겨울 먼 길을 걸어서 학교에 다녀오면 집에 들어설 때쯤 볼은 꽁꽁 얼어 새빨갛고 입술은 새파랬다. 그럴 때 어머니는 따뜻한 이

보랏빛을 만지작거릴 때마다 싱싱한 뽕나무 이파리가 무성한 밭에서
오디를 따먹는 추억을 소환하곤 한다.

불을 속으로 나를 밀어 넣었다. 몸이 노곤노곤 녹아 얼굴에 화색이 돌 때까지 누워 있으면 길가에 펼쳐진 뽕나무밭이 떠오른다. 그럴 때면 어서 계절이 바뀌어 뽕나무밭을 누볐으면 하는 생각이 간절해진다.

여름이 짙어지면 뽕나무밭엔 오디가 새까맣게 익어갔다. 오디의 달콤한 맛을 기억하는 나는 어른 엄지손가락만 한 오디의 유혹을 떨칠 수가 없었다. 친구들과 함께 야무지게 나뭇가지를 휘어잡고 정신없이 달콤한 것을 따먹었다. 얼굴은 햇볕에 그을려 새빨갛고 입술은 보라색으로 물들어 새파래졌다. 그러고 보면 보라색은 차가운 온도와 뜨거운 온도를 품고 있다. 그래서일까. 나는 보랏빛의 온도를 가장 좋아한다. 까무잡잡한 내 피부와 어울리지 않는데 보라색 코트를 즐겨 입고 보라색 스웨터를 찾아 입는다. 보석 중에서도 내 생일과 아무런 관련이 없는 2월의 탄생석인 자수성의 오묘하고 신비스러움에서 눈길을 떼지 못하고 파고든다.

보라색은 빨간색과 파란색의 중간이다. 땅의 빨강과 하늘의 파랑이 하나가 된, 천지가 조화를 이룬 색깔. 고대 유대교에서는 성스럽고 귀한 색으로 여겨 휘장과 제사장의 옷에 사용되었다. 고대 이집트에서도, 고대 그리스에서도 귀족과 왕실에서만 사용이 허용되었다는 보라색. 특히 고대 로마에서는 고위 사제, 고위 관리, 장군들만 주로 사용할 수 있었다. 황제와 연관된 보라색은 카이사르에게만 주어진 특권과도 같았다. 네로 황제의 경우 자신 외에는 보라색을 쓰지 못하게 하였다. 몰래 쓰는 자는 사형에 처하도록 법까지 만들었다고 하니 가히 보라색의 위력을 짐작할 만하다. 근대에 들어서 많은 사람이 사용하고 있지만, 중세까지도 귀족이나 왕족이 아니면 사용을 불허했다는 웃지 못할 보라색의 일화다.

"보라는 육체적 심리적 의미에서 가라앉은 빨강이다. 이러한 이유 때문에 보라는 어떤 병적인 것, 힘을 잃은 것, 슬픔 어떤 것을 지니고 있다"고 러시아 화가인 칸딘스키가 말했다.

그런데 나는 어째서 보라색에 끌리는가!

흔히 보라색을 좋아하는 사람은 예술성이 뛰어나다고 말한다. 그러나 나는 그렇지도 않다. 마냥 예술가 흉내를 내고 싶지만 자존심상 그것 또한 용납되지 않아 보라색과 나와 어떠한 연결 고리도 찾아보기 어렵다.

보라색은 강렬한 빨강도 아니고 질리도록 파랗지도 않

다. 두 가지 색을 나눠 가진 어중간한 색이라 채워야 할 것이 많다. 그렇다면 나와 조금의 상관관계를 가지고 있는 것 같다. 건강도 그렇고 삶도 그렇다.

나는 어려서부터 많이 허약했다. 늘 파리하게 떠는 모습을 하고 있어서 어머니는 좋은 민간약을 구해 먹인다거나 영양가 있는 음식을 해 먹이려고 갖은 노력을 다하셨다. 그 덕에 나이 들어가면서 건강은 점점 나아져서 살아가는 데 별 무리가 없다. 순전히 내가 건강한 것은 어머니의 덕이고 노력이다. 나는 어머니의 따뜻한 온도와 파리하게 떠는 갓난아이의 차가운 온도를 반반씩 품고 사는 것 같다.

보랏빛을 만지작거릴 때마다 싱싱한 뽕나무 이파리가 무성한 밭에서 오디를 따 먹는 추억을 소환하곤 한다. 열심히 공부하겠다며 다니던 학교인데 지금은 무언가 배우고 싶은데 딱히 떠오르지도 않고 강의실에 앉아 공부를 해야겠다고 생각하면 온몸이 지끈지끈 아파온다. 그래서 나는 채워야 할 것이 많은 삶을 살아간다. 공부도 시간도 실속 있게 꽉꽉 채우지 못하고 느슨하다. 어쩌면 야산 자드락에서 파리하게 떨고 있는 제비꽃과 같은지도 모르겠다. 어쩌든지 눈길을 사로잡아보려고

야산 초입에 제비꽃이 웅크리고 있다.
추워서 날개도 펴지 못하고 파리하게 떨고 있다.

여기 있어요, 여기 있어요, 부르짖는, 미미한 존재임에도 불구하고 귀족들의 머리 위에 제비꽃 화관이 되어 올라앉은 것처럼, 제비꽃 색깔을 좋아하며 높은 곳에 올라앉고 싶은 욕망에 사로잡혀 있지는 않을까.

지금은 귀족들만이 사용했다는 보라색을 진저리치도록 좋아하고 즐겨 입는다고 누가 뭐라 할 사람도 없다. 아무리 내 개인적인 취향이라 해도 간섭하거나 저지당하지 않는 고답적인 시대가 아니라서 다행이다.

핸드폰에 저장된 제비꽃 사진을 SNS에 올린다. 그곳에서는 영원히 지지 않는 꽃이 되겠지. 손가락으로 쭉 밀어 올려 키우고 줄이기를 반복하는 변덕스러운 꽃어미여도 불평하지 않겠지. 성질이 급해 까무러치는 야생성을 드러내지 않고 고분고분하겠지.

마음이 뿌듯하다. 파리한 보라색이 내 가슴에서 차랑거리며 차오르는 것 같다. 수없이 많은 꽃을 저장해놓은 SNS에서 유독 나를 반기며 아는 체하는 제비꽃.

흰 눈이 내리면

먹물에 스며들기

조 연 향
Cho Yeon Hyang

경북 영천에서 태어났다. 경희대학교
대학원 국문과에서 박사학위를 취득했으며,
1994년 『경남신문』 신춘문예, 계간지 『시와
시학』 신인상으로 등단했다. 저서에 『김소월
백석 민속성 연구』, 시집으로 『제 1초소 새들
날아가다』 『오목눈숲새 이야기』 『토네이토
딸기』 『길 위에서의 질문』 등이 있다
가천대, 경희대, 육군사관학교 등에서
문예창작 지도 교수를 역임했다.

흰 눈이 내리면

저녁 산책길을 나서자마자 쏟아지기 시작한 눈송이들, 회색 도시의 모든 물상을 지워간다. 천변의 나무들도 앙상한 실가지 끝까지 눈을 쌓는다. 지상의 밤은 고개를 숙인 채 하얗게 깊어간다. 아우디의 모사를 뒤집어쓴 채, 두 팔을 벌리고 차디찬 흰 송이들을 품어본다. 나도 밤의 풍경 일부가 되어가고 있을까, 마치 눈사람이라도 된 듯, 뜨겁고 붉은 피가 흐르는 눈사람, 영원히 녹아내릴 수 없는 눈사람, 고집과 욕망과 아상이 시멘트처럼 단단히 굳은 눈사람, 그 눈사람 하나가 오늘 밤, 살아 있다고 어디까지고 가보겠다고 눈길을 더듬고 있다.

천변에는 산책자들이 거의 보이지 않는다. 오로지 나 혼자만이 이 길을 선사받은 듯하다. 무엇으로부터, 어디에서 풀

려난 듯 자유롭다는 기분에 휩싸인다. 더러 역주행하는 눈송이를 따라 나의 내부도 휘날린다. 길옆에 줄지어 선 팔랑개비들이 심상이 믲은 듯 눈 세례를 맞고 가만히 서 있다. 빨주노초파남보 색색의 팔랑개비들은 바람이 불 때 바람결을 따라 빙글빙글 살아서 온몸을 돌리고 했었는데, 지금 고장 난 자동차처럼 줄지어 멈추었다. 공기의 움직임으로 돌아가는 팔랑개비, 바람의 힘인지 눈발의 힘인지 알 수 없으나, 열 지어 선 팔랑개비 가운데 간혹 한두 개가 천천히 날개를 돌리기도 한다. 날개를 멈춘 팔랑개비를 내 손끝으로 돌려보지만 한 바퀴 돌다가 멈추어버린다. 제힘으로 움직일 수 없는 팔랑개비, 꽃나무처럼 봄바람을 기다리고 있는 것 같다.

중랑교가 보인다. 청량리역에서 춘천으로 가는 중앙선 열차가 길게 객실마다 환히 불을 켜고 지나간다. 열차는 둔탁한 굉음을 물결 위로 흘리며 굴러간다. 철로 위를 달려가는 열차의 굉음은 물결 속 깊이 가라앉은 기억들을 흔들어대며 기다림을 향해 달려가는 것 같다. 줄을 지어 칸칸이 불 밝힌 열차의 긴 행렬을 만나는 순간, 내 밤의 산책은 정점을 찍는다. 하루 동안 짓눌렀던 내 자괴감과 존재의 무력감은 차창의 불빛과 무슨 연관이 있을까, 저 열차의 불빛을 바라보고 싶어 밤의 산책은 시작되었는지 모르겠다. 오늘 밤 눈 내리는 어둠 속을 무사히 횡단했다고 스스로 캄캄한 가슴을 쓸어내리며 발길을 돌린다.

그사이 검게 숨죽였던 벚꽃나무 가지가 눈꽃을 활짝 피우고 눈꽃 잎 뚝뚝 떨군다. 이렇게 몽환적인 세계. 이 세계는 내 속에 있었던가. 언젠가부터 유식무경(唯識無境)이라는 법어를 마음속으로 되뇌곤 한다. 세상을 살아가는 인간 앞에는 대상은 없고 식(識)만 있는 것, 오직 마음만 있을 뿐 고정된 실체적 세계가 없음을 의미한다고 했으나, 아직 알아차리기 어렵다. 어쨌든 결국 내 마음이 만든 세상을 지금 내가 바라보고 있다는 것인가. 내 앞 펼쳐진 모든 풍경은 언젠가 꿈꾸었거나 상상했다는 것으로 이해를 해본다. 그렇다면 언젠가 내가 이렇게 황홀하고 평화로운 세계를 꿈꾼 적이 있었던 것인가.

밟고 지나는 발밑 지구의 울림, 뽀드득 왼발과 오른발이 번갈아가며 장단을 맞춘다. 뽀드득뽀드득 그 소리가 경쾌해서 나는 살짝 박자에 몸을 맡겨보기도 한다. 혹 넘어질까 조심조심, 눈길이 흥겹다는 것은 처음 느껴본다. 마치 북 치는 소

밟고 지나는 발밑 지구의 울림, 뽀드득 왼발과 오른발이 번갈아가며 장단을 맞춘다.
뽀드득뽀드득 그 소리가 경쾌해서 나는 살짝 박자에 몸을 맡겨보기도 한다.

리처럼 눈 밟는 소리는 고요한 길에 울려 퍼진다. 지나온 길을 돌아보면 하얗게 채색된 시간, 지난 시간도 저처럼 하얗다. 묻혀서 사라져버린 기억들을 밟고 여기까지 왔는가, 더욱이 열차가 지나가는 철로는 희미한 내 기억을 상기시킨다.

세상사 모든 것이 의문투성이였던 여고 2학년 때였을 거다. 우리 동네를 눈앞에 바라보며 철로 위를 걷고 있던 중, 불쑥 내 앞을 가로막더니 편지봉투 하나를 내밀고 훌쩍 달아난 이가 있었다. 여드름으로 얼굴이 울긋불긋했던 그 남학생, 우리 동네 연탄집 아들이었다. 그 집은 연탄뿐 아니라, 온 동네 먹거리와 필요한 것을 다 제공했던 셈이다. 우리는 그 집을 이북집이라 불렀다. 이북집 학생은 부모와 같이 리어카를 끌고 밀면서 연탄 배달을 돕기도 하는 그야말로 모범생이었다. 우리 집에 연탄을 배달해주던 어느 날, 아버지께서는 저 학생은 참 착하고 좋은 학교 학생으로 부지런하다고 칭찬을 했었다. 그 무렵 중등학교는 평준화가 아니었다. 소위 대구 일류 고등학교의 상징인 흰 줄이 새겨진 모자와 교복을 입고 등교하는 것을 보신 것 같았다. 아마 사대부고, 아니면 K고교 학생이었기 때문이다,

학교에서 집으로 돌아올 때는 십 리 길을 거의 혼자 걸어서 온다. 나는 그때 무슨 생각을 하면서 근 한 시간을 걸어서 집으로 돌아왔던가, 철로 아래에서 불쑥 올라와 나에게 쪽지를 쥐여주고는 달아나던 그 소년, 아니 그 학생. 아마 나보다는 한 학년 정도 위였던 것 같았다.

내 방으로 들어와 첫 편지를 읽었다. '귀양'을 만나고 싶다며, 주말 K대 정문 앞에서 기다리겠노라고, 오래 잊혀지지 않는 것은 '귀양'이라는 단어이다. 귀양, 귀양이 뭐지! 하면서 그냥 흘러버린 일이 새삼스럽다. 스스로 귀하다고 생각해본 적이 없었던 나였으므로……. 그 편지를 떠올리며 혼자 피식 웃어본다.

아침 버스정류장에 가끔 스쳐도 나는 무심한 얼굴로 지나쳐버렸던 그 한때, 한 번도 말을 섞어보지는 않았지만, 그 모자, 그 교복의 시절 마음만은 백지처럼 순수했을 것이라는 생각을 글을 쓰는 이 순간에야 처음 해본다. 나도 누군가에게 그런 관심을 받았던 때가 있었다니. 조금은 미안함을 가져야 하겠지. 내가 밟고 온 발자국처럼 돌아보면 하나의 아련한 그림으로 내 기억에 묻혀 있다. 어려웠던 그 시절의 길들이 없었다면 이 길 또한 만나지 못했으리라.

멀지 않은 것 같지만, 까마득히 지나간 많은 일들. 시간은 어쩌면 흘러가는 것이 아니라, 단지 모든 사물과 생명체가 변해갈 뿐인가. 누군가 이야기했다. 시간은 애초에 없으므로 과거, 현재, 미래가 있다는 착각에서 벗어나보라고. 따라서 시간은 지속되는 것이 아니라, 현재에서 미래로, 현재에서 과거로 펼쳐진다는 것, 미래가 현재를, 현재가 과거를 만들면서 과거도 지금, 현재도 지금, 이 순간에 모든 인과가 이루어진다는 지금, 즉 현재가 원인이고 결과라는 뜻을 한번 되새겨볼 만하다.

다가가면 내 의식 앞에 펼쳐지는 세계의 현상들……. 시간은 그대로 멈추어 있는데, 해와 달이 지나듯 타인들이 지나가고 지금, 여기 오래전부터 눈이 내리고 있었고, 꽃이 피었다 지고 내 얼굴에 주름이 하나씩 지우면서 별빛은 아주 몇 광년 전부터 이곳을 향해 달려오고 있었을까, 하나둘, 형제자매가, 선배 작가가, 은사님이 세상을 떠나고 그 속에 나는 조각배처럼 강물 위에서 어디론가 실려 가는 것인지도 모르겠다.

언제부턴가 내 감정 내 느낌은 순전히 나 혼자만의 것이 아니라는 생각이 들었다. 누군가에게 빚지지 않고, 지금 내가

조연향 흰 눈이 내리면

이 길을 걸어올 수 있었던가, 그 사실이 확연하지만 그들에게 내 진심을 다 전하지 못했다. 더욱이 내 생각만이 옳다는 것은 명백한 착각이라는 것을 알면서도 늘 내 생각, 내 판단만이 옳다라고 고집하지 않았던가. 눈 쌓인 천변에는 발자국이 하나도 없다. 내가 그 위로 새 발자국을 만들고 지나고 있으니 왠지 머쓱하다. 세상이 숨을 죽이고 가장 화려한 흰옷을 갈아입었다. 가장 아름다운 모습은 자기를 숨기고 고개를 숙이는 것, 하늘이 고개 숙인 세상에 하얀 미사포를 머리에 씌워준 듯.

국경의 긴 터널을 빠져나오자 눈의 고장이었다. 밤의 밑바닥이 하얘졌다. 신호초에 기차가 멈춰 섰다.

소설『설국(雪國)』의 저 첫 문장을 아마 모르는 이가 없을 것이다. 고마코라는 이름의 게이샤를 찾아 시마무라가 니카타 현을 찾아올 때의 정경을 묘사한 문장이다. 정작 고마코를 찾아 열차를 탔지만, 열차에서 만난 요코라는 처녀에게 맘을 빼앗긴 시마무라, 두 여자 사이에서 오락가락했던 시마무라는 결국 모든 것이 덧없다는 것을 느끼게 된다.

그『설국』의 고장인 니가타현을 여행한 적이 있었다. 대학원 연구실의 선후배로 구성된 일원으로 여행하게 되었지만 이미 고인이 된 분이 몇 분이 계신다. 시마무라 여정의 고장인 니카타현은 그야말로 환상의 설국이었다. 가와바타 야스나리가 머물면서 작품『설국』을 집필했던 온천장에서 우리 일행이 머물렀던 것은 선명한 추억으로 남는다.

눈이 쏟아져 내리는 창문을 바라보며 마구 떠들면서 밤하늘을 올려다보고 했는데 돌이킬 수 없는 순간이 되고 말았다.

그 설국을 같이 여행했던 장현숙 교수는 느닷없이 세상을 등지셨다. 살아 있던 순간의 웃음소리와 사라진 뒤의 웃음소리는 극명하게 차이가 날 뿐이다. 뇌리에 남아 있는 목소리, 다시는 마주할 수 없는 그 조용한 웃음소리, 무척이도 여행을 좋아했던 장현숙 교수.

어쩌면 현실을 멀리, 더 멀리 자꾸만 떠나고 싶어 했었던 것은 아닐까. 이렇게 모든 것은 시마무라의 사랑처럼 모호하고도 덧없는 것일까, 죽음의 색채는 하얗거나 검은 것일까, 나는 흰색의 극치를 지나 끝없이 눈 속에 파묻힌 길을 다시 되돌아온다.

조연향 흰 눈이 내리면

세상이 숨을 죽이고 가장 화려한 흰옷을 갈아입었다.
가장 아름다운 모습은 자기를 숨기고 고개를 숙이는 것,
하늘이 고개 숙인 세상에 하얀 미사포를 머리에 씌워준 듯.

먹물에 스며들기

　서예원 문을 열었을 때 조금은 의아했다. 수강생이라고는 한 사람이 없이 썰렁한 강의실, 연로하신 선생이 나를 맞아주셨다.

　"어머, 수강생도 없이 선생님 혼자 계시네요."

　"몇 사람이 있는데 여행을 가서 다음 주부터 온다는 이도 있고, 또 다른 사람도 일이 있어서……. 그냥저냥 띄엄띄엄 나와요."

　"아, 네에. 저는 요즈음 글씨체가 너무 엉망이기도 하고 글씨 연습을 좀 하고 싶어서요."

　한문이든, 한글이든 필력이 중요하니까 천자문을 먼저 써 보라는 것이었다.

사방 벽 나란히 걸려 있는 글씨들은 그간 선생의 궤적을 보여주는 듯싶었다. 香遠益淸(향원익청), 智德竝進(지덕병진), 動而能靜(동이능정) 등 사자성어들이 액자 속에서 변함없이 오래된 의미를 품어내고 있었다.

아무 준비도 하지 않은 나를 대뜸 벼루와 먹이 있는 책상으로 안내하더니 내 손에 붓을 쥐여주셨다. 자그마한 체구의 할아버지 선생은 춥지 않느냐며 난로를 내 곁으로 당겨주신다. 그리고 한일자를 옆으로 긋는 연습을 시켰다. 글씨를 시작할 때는 항상 역입이 중요하다며 붓을 왼편으로 점을 찍는 것처럼 거꾸로 갔다가 다시 오른편으로 방향을 꺾어서 움직인다는 것이다.

나는 선생께서 시키는 대로 근 한 시간 동안 말없이 붓을 먹에 찍어서 한일자만 그었다. 옆으로 긋고 또 긋지만 선생의 한일자 형태와 내 한일자의 형태는 많이 달랐다. 이 한 획에도 연륜과 내공이 묻어나고 있다니, 그래서 서도(書道)라고 했던가. 글자 속에서도 그 사람의 근본과 솜씨가 다 드러나는가. 어쨌든 붓을 잡고 손을 움직이면서 마음마저 평온해짐을 오랜만에 느껴보았다.

그리고 며칠 후, 다시 그 서예원을 찾았다.

그는 천지현황(天地玄璜) 천자문의 제일 첫 문구의 체본을 써주셨다. 그것을 왼쪽에 두고 글자를 쓴다기보다는 붓을 세우고 그냥 그리는 것이었다. 예전의 기억을 되살려서 붓을 놀려보았지만 내 마음대로 잘되지 않는다. 사실 먹과 벼루, 그리고 붓에 대한 아련한 기억이 있다.

고등학교 3학년 봄 무렵 아버지께서 갑자기 세상을 뜨시자, 나는 대학 진학을 포기하고 직장 생활을 시작했다. 남자고등학교 행정실에서 경리를 보는 일이었다. 방학 때는 도서관에서 많은 책을 읽을 수 있었다는 것이 장점이었으나, 하루하루 우울한 사회생활이었다. 그 무렵 퇴근 후에 서예원을 찾았다. 내면의 수양까지는 아니더라도 그나마 나에게는 하나의 돌파구였던 것 같다.

그때 모든 서류는 자필로 작성해야 했었다. 결재 서류를 들고 교장 책상 앞으로 내밀었을 때, 미스 조, 이런 달필의 편지를 받는다면 안 넘어갈 장사가 없겠어 하고 빙긋이 웃었다. 나이 든 교장은 가끔 나를 교장실로 불러서 어깨를 주무르라고 했다. 아마 아버지뻘의 연세이고 몸이 약하시니까, 내키지

조연향 먹물에 스며들기

는 않았지만 안마를 해드렸던 것 같다. 사실 아버지께서는 안마를 해달라거나 등을 두드려달라고 하신 적이 한 번도 없었던 것 같은데 말이다. 지금 만일 여직원에게 이런 것을 시켰다면, 당연히 성추행으로 미투에 걸릴 일일지도 모르겠다. 그 시절 여성들은 알게 모르게 이런 수난을 겪으면서 견디어왔다.

어쨌든 서예원에서의 사군자 연습 덕에 누구에겐가 칭찬받을 만큼의 필력이 좀 생겼는지 모르겠다. 아침 출근하기 전에는 피아노 교습을 받았고, 퇴근길에는 집에 일찍 들어가기 싫어서 서예원에서 붓글씨도 쓰고 난초를 쳤다. 홀로 되신 어머니가 밤늦도록 나를 기다리는 것은 아랑곳하지 않고 몇 년을 그랬었다.

그러나 내 사군자 실력은 그다지 늘지 않았다. 난초가 되면 그다음 대나무 순으로 가는데 나는 주구장창 난초만 그어댔다. 부드러우면서 살아 있는 듯, 힘 있게 난을 쳐보라는 것이었다. 난을 그리는 것을 서예원에서는 친다고 말한다. 종내에는 붓과 함께 춤을 추듯이 할 줄 알아야 한다며, 그 경지는 많은 시간 공을 들여야 가능하다고 일러주시던 그 선생은 국전 작가이신데 호랑이 스승이셨다. 청년 문하생이 몇 명 있었는데 열심히 안 한다고 엎어놓고 엉덩이 찜질도 한다는 소문도 들었다. 그러나 나에게는 비교적 관대하신 것 같았다. 아마 나는 큰 욕심 없이 취미로 온 것 같아서일 것이다. 그리고 같잖은 사군자가 어느 정도 되어갈 때 전체 회원과 같이 전시회를 가졌다.

그때 전시회를 마치고 그 선생은 내가 그린 난 그림을 칭찬하시며 더 열심히 하라며 근사한 벼루와 낙관을 선물해주셨다. 지금도 나는 그 낙관과 벼루를 잘 간직하고 있다.

그간 몇십 년의 세월이 흘렀고, 많은 일을 헤쳐왔다. 그런데 어찌 된 일인가, 얼마 전 시집이 나와서 자필로 사인을 해서 배송을 해야 하는데 도대체 펜은 내 의지대로 되지 않는 것이다. 아, 글씨가 왜 이리도 제멋대로인가, 젊은 시절 글씨 잘 쓴다고 칭찬도 들었는데, 이게 뭐람. 날아가는 기러기 같기도 했다. 글씨는 뇌의 흔적이라고 했는데 나의 뇌가 이렇게 망가져가는가 아니면 편리한 기기 탓인가.

편리함은 일면 인간의 기능을 퇴화시키는 부분도 있지만 시절인연이라고 했던가, 우리는 하루가 다르게 발전해가는 기

붓을 들고 천천히 검은 먹물 속으로
스며들고 싶다.

기들과 너무 친해졌고 한편으로는 그것들에게 지배되고 있다. 아니 생의 일부가 되어버린 편리함의 도구와 시스템을 우리는 지독히도 편애한다. 그러나 그런 편리함을 멀리하고 옛날 방식의 삶을 고수하는 분도 계신다. 못해서이기도 하지만, 아날로그식 삶이 더 편리하기 때문일 것이다.

까마득한 선배 시인께서는 아직도 노트북이나 컴퓨터를 멀리하시고 오로지 자필로 시(詩)와 시집 원고를 정리하신다. 올해 육십 년의 시력을 지닌 그분은 엄지손가락에 굳은살이 박였다. 그래서 그분의 시뿐만 아니라, 글씨체를 보노라면 그간의 고행을 읽을 수 있다. 인터넷으로 손가락만 까딱하면 이메일이 전송되는 시대, 손수 우체국에서 출판사로 원고를 부치신다니.

지금 나는 자판을 두드리며 이 글을 쓰고 있다. 뒤늦게 만학의 길로 접어들어 모든 리포트와 논문을 문서 프로그램으로 작성하면서 그 과정을 어렵사리 졸업했었다. 원고 작성뿐만 아니라 시집 편집도 노트북에서 다 이루어진다는 것은 어쩌면 우울한 축복인지도 모르겠다. 이러한 탓에 내 친필은 기러기가 되었다.

붓을 들고 천천히 검은 먹물 속으로 스며들고 싶다. 어쩌면 그것은 이렇게 빠르고 편하게 살아가는 기계적인 일상에서 잠시라도 일탈하고픈 심사인지도 모르겠다.

세 번째 그 서예원을 찾았을 때 선생은 여전히 적막한 실내를 혼자 지키고 계셨다. 오래된 먹 냄새만 실내를 적시고 있었다.

"선생님, 이렇게 수강생도 없는데 어떻게 학원을 운영하세요."

예전에는 문하생이 많았던 때가 있었고, 전시회도 열고 했었지만, 이 바쁜 세상에 붓글씨를 쓰려는 사람이 자꾸 줄어서 어쩔 수 없다는 것이다. 그리고 내가 혼자 사는데 집에 있으면 뭐 해요, 심심소일로 그냥 문 열어놓고 나도 배운 게 이것밖에 없으니 혼자 쓰다가 죽는 거지 뭐, 하신다.

"어머, 혼자 계세요?"

"마누라가 있는데 별거를 하고 있어요. 내가 쫓겨난 거지, 뭐."

"네에?"

아들은 결혼을 해서 분가하고 사모님은 일산으로 이사 가면서 자신을 버리고 갔다는 것이다. 이 사실에 마음이 아파야 하는데, 설핏 마음에 안 들면 이사 갈 때 남편들을 떼놓고 간다는 우스갯소리가 생각나서 나는 겨우 웃음을 참으며 아니 집에 들어가시면 되잖아요, 그랬더니 아이구 더러워서 안 가요, 자존심이 있지 왜 가요, 이제 혼자가 편해요, 오피스텔 하나 얻어주고 그곳에서 살아라 했다는 것이다.

평생 글씨를 썼으니 글씨만 쓰면서 살면 되어요, 한 번씩 반찬 해서 날라주기도 한다지만 선생은 쫓겨났다고 표현했다.

그를 위안하고 있는 것은 오로지 흰 종이와 검은 먹물의 글씨뿐이다. 글씨를 쓰면 마치 붓과 하나가 되어서 일념에 드는 것 같다면서 그는 작은 플라스틱 병에 담긴 먹물을 벼루에 채워주신다. 나는 천지현황(天地玄黃)과 우주홍황(宇宙洪荒)을 책상에 올려놓고 글씨를 그리기 시작했다. 마치 화가가 그림을 그리듯이, 음악가가 악보를 그리듯이.

예전에는 연습하기 위해서 먹을 벼루에 한참을 갈아야 했다. 먹을 가는 일도 글씨를 쓰는 것 못지않게 인내심을 요구한다. 네모난 먹을 벼루에 쉼 없이 문지르고 문지르면 뻑뻑한 먹물이 만들어진다. 어머니께서는 일명 꼬부랑 글씨, 엎드려서 세필로 꼬부랑 글씨를 쓰셨다. 집안에 혼사가 있으면 사돈지를 대필해주셨고, 누가 돌아가시면 제문을 써주셨다.

대구에서 자랐던 내가 서울에서 신접살림을 시작했을 때 어머니께서는 내가 읽지도 못하는 꼬부랑 글씨의 편지를 참 많이도 보내주시곤 했다. 지금 생각하면 나는 왜 그렇게 엄마께 곰살맞지 못했을까, 한 번도 엄마의 안부를 물으면서 답장을 한 적이 없었으니, 얼마나 무정한 딸이었나, 갈수록 후회가 될 뿐이다.

문득, 서예원에서 먹과 붓을 가까이하면서 새삼 어머니의 언문이 떠오르기도 하고 한때 흰 종이 위에서 힘없이 휘어지던 젊은 날의 난초잎이 눈앞에 어른거린다.

우주의 블랙홀이 이렇게 캄캄하고 아득한 침묵의 공간일까, 먹색은 허하고 가벼워 날아갈 듯한 마음을 묵직한 이불로 덮어주는 것 같다. 앞으로 얼마나 오래 먹물과 같이할지는 모르겠으나 블랙홀 속에 빠진 듯, 검은 문자의 적막 속으로 빠져볼 일이다. 그 침묵 속에서 한 가닥 희망처럼 빛을 만날 수 있기를 희망해본다. 한편 햇살을 덮는 어둠을 나는 사랑한다. 방향도 없이 사방팔방으로 날뛰는 한낮에서의 불안이 저녁이 되면 물러서고 조금씩 편안해짐을 느낀다. 밤이 좀 더 깊어지고 좀 더 길었으면 좋겠다. 검은색은 흰색의 반대편에서 광활한 세계를 꿈꾸거나 무언의 의미를 품고 있다. 세상이 태어나기 이전에는 카오스, 카오스가 있었으므로 창세기가 열렸던 것이므로.

조연향 먹물에 스며들기

꽃 진 자리에 어버이 사랑 오영미 외

문득, 로그인 유시연 외

여자들의 여행 수다 장현숙 외

흡흡흡 부를 테니 들어줘 정해성 외

우리, 그곳에 가면 조규남 외

그들과 함께 꿈꾸다 조연향 외